曾经有过的好时光

陆蔚青◎著

北方文艺出版社

图书在版编目（CIP）数据

曾经有过的好时光 / 陆蔚青著 . -- 哈尔滨：北方文艺出版社，2015.12

ISBN 978-7-5317-3539-7

Ⅰ . ①曾… Ⅱ . ①陆… Ⅲ . ①回忆录 - 中国 - 当代 Ⅳ . ① I251

中国版本图书馆 CIP 数据核字（2015）第 277339 号

曾经有过的好时光

Cengjing Youguo de Haoshiguang

作 者 / 陆蔚青

责任编辑 / 王 爽 张雪菲

封面设计 / 回归线设计

出版发行 / 北方文艺出版社

网 址 / www.bfwy.com

邮 编 / 150080

经 销 / 新华书店

地 址 / 黑龙江现代文化艺术产业园 D 栋 526 室

印 刷 / 北京东君印刷有限公司

开 本 / 880 × 1230 1/32

字 数 / 180 千

印 张 / 8

版 次 / 2016 年 1 月第 1 版

印 次 / 2016 年 1 月第 1 次印刷

书 号 / ISBN 978-7-5317-3539-7

定 价 / 32.00 元

光与时光（代序）

我始终不能忘记日落的刹那。那天我们追着太阳走，天气预报说日落时间是八点一刻。山路弯曲，狭窄而漫长，我的心变得忧虑而渴望。远方宽阔的河流上，太阳正像一个金红色的橘子，在河水上荡漾，而河水分分秒秒化成细碎的闪烁不定的流光，宛若游动的银鱼上下翻腾。我多想让那美妙的时光再多停留一刻，然而，闪光的橘子没有等待我们，转眼就落进河水之中。

我当然也不能忘记那年的秋山行旅。山坡上的树宛如一盏盏灯笼，金黄的、粉红的、深绿的灯笼，光在山上踱步，好像一个大能者，一阵风起，细碎的柔光便慢慢地飘起来，万花筒一般变化莫测。我看到他的脚步，看到光在他的手中，他走到哪里，光就在哪里。然而只在几分钟的时间，这些美妙的幻影就消失了，消失得无影无踪，天地回归一片黑暗，归于混沌之初，好像那些美妙的景物从未来过。

然而我却知道，那些美好都曾经有过。光就像人生，就像我们经历过的高山和河流，在暗夜和黎明时分，它们会有不同的表象，他们是礁石，是云朵，是日晷，是宇宙的魔术师。而有些事物，却永恒不变，日月星辰，尘土沙砾，春夏秋冬，四季轮回。

于是我们深陷在时光的河流之中，行走流动，宛转起伏，方圆自得。

时光是流动的，就像现在，你翻开这本书，我在你面前展开自己，时光就在梅竹相对时流动起来，我的悲哀和欢乐，与你的悲哀和欢乐，融为一体。

时光又是那样一种凝固的姿态，它是我们不能彻底了解的某种元素，会深深植根于内心深处，它会沉睡，会变幻，会呐喊，会流泪，然而它不分解，也不消失。它永不湮没，即使无形。

文学究竟是什么？我们为什么而写作？

美国简约主义大师雷德蒙·卡佛说过，这世上，有比写小说和写诗更重要的事情。那就是生活的重任和压力。

我选择首先面对生活。因为有生活才有文学。对我而言，文学是白杨树在湖水中流动的倒影，而白杨树的名字叫生活。

这本书记录了我曾经历过的时光。它如宽阔河水上的点点流光，亦如高山之上的点点柔光，它升起、跌下、变幻、流逝，然而即使在黑暗降临之时，在世界被黑暗笼罩之后，却依然镌刻于内心之石，永不消逝。

上帝说，要有光，便有了光。

而我，凭曾有过的好时光而活。

是为序。

陆蔚青

2015 年 10 月 12 日　蒙特利尔

目录

卷一　万物有灵

观看雪雁　3
哲学的鸟　7
晒台上的野百合　10
每一棵树都是一篇好小说　13
开到荼蘼　16
燃烧的野玫瑰　19
沉思无名湖　22
为了春天而欢唱　25
冬日窗下那棵果树　28
在南岸的森林里　31
西岛小镇的春天　34
与生命有缘　37
飞翔的絮菊　40
樱花和雪花　44
隐秘的幽香　48

暖　梨　51
柠　檬　54
想　雪　57
春来江水绿如蓝　61
冬夜即景　64

卷二　异乡异客

坚硬的方块字　69
感受这世界美丽的“不同”　73
语言的特权　76
一曲柔情　79
纸箱上的蝴蝶兰　83
勇　气　86
番茄酱的另一种功能　89
语言就是家乡　92
闲话万圣节　94
情人节和春天的婚礼　97
印第安人的夏天　100
谁是那走夜路的女人　103
异乡的年　113
乔治的餐馆　116
吉米的妻子和他的书　119
罗杰的邮票　122

波兰人阿伦 124
好女人 127
苏珊的母亲节 129
苏珊九十四 132
我们究竟想要什么 135
“谢谢你”和“对不起” 137
欧洲之旅 140
环游斯坦利公园 153
野兽饥饿 157
身边的玛丝洛娃 161
失　语 165
迎春的第一个工作 168
没有火鸡的感恩节 171
种花的日子 174

卷三　且行且思

母亲的个人字典 179
《金瓶梅》、萨德和禁书 183
绝美祝词 186
啜一杯茶 189
永别在每一个瞬间里 192
读书的快乐 195
漂若浮萍 197

你不知道 200
等等灵魂 203
每个人都是美丽的 206
伦敦桥塌了 209
曾经有过的好时光 212
脱衣舞及其他 215
夜读惊魂（一） 218
夜读惊魂（二） 221
男　色 223
杰瑞的毕业典礼 226

万物有灵

观看雪雁

远远地望一眼，就被震慑了。那样宏大的雁阵，是我以前没有看过的。

一面大湖上漂满了雪雁，像一团团飞雪，几乎覆盖了水面。

去年就听朋友说过这样的美景，但还是没想到竟是如此动人。每年十月下旬到十一月的两周里，距蒙特利尔两小时车程左右的 Marie-Victorin 小镇上都有许多雪雁。这些雪雁在由北向南的长途迁徙中，把这里作为驿站，补充给养，增加体力。休息一段时间之后，雪雁们继续向南飞。雪雁们的休息，给爱鸟的人们一个接近它们的机会，许多摄影人都会从早到晚守在那里，希望拍到满意的照片。

去之前，我特地做了功课，学习了百科全书上的词条。雪雁的英语名字叫 snow geese，羽毛洁白，翼尖黑色。雪雁是素食主义者，而且终身实行一夫一妻制，雌雄共同抚育小雁。它们注重家族，过集体生活，多时可达上万只栖居在一起。

这样的描述大大地吸引了我。我对雪雁怀有强烈的好奇。

我们到时，大概是下午三四点钟。一湖的雪雁安静地泊在水面上。靠岸边的地方，也有雪雁在游动。很多摄影者穿着防寒的衣服，支起三角架，目不转睛地盯着水面，一副长期作战，不达目的不罢休的架势。

岸上还有关于雪雁的艺术展，有油画、水粉画、雕塑、铁艺。雪雁的形象，有的安谧地泊在湖面，若有所思；有的两只抵头结颈，相亲相爱；有的在蓝天里展翅飞翔；有的在黄昏的柔光中染红了翅膀。我能看出来，这些艺术家是怀着怎样感动的心情来描画这些雪雁，描画它们美丽的身影和飞翔的灵魂。

我身边站着的一个看鸟者是当地人，他穿着厚厚的防寒服，手里拎着长镜头的相机，一看就是有备而来。他说他叫皮特，是个爱鸟人，每年这个时候，他就来到这里。“今天有多少只雪雁，你猜得到吗？”他闪着蓝眼睛，得意地问我。

“啊，”我说，“我猜不到。我对数字没概念。再说，这是一湖雪雁呀。”

“两万多。想想看。”他伸出两个手指，很满足地叹口气，补充道，“我每天都听预报的。两万。我想，我们来得真是时候。”

雪雁一直很安静。我们坐在长椅上，享受着远处的秋山和近处的湖水，水面上的雪雁，像万千支温柔的羽毛，静静漂浮。

“它们一直这样安静吗？”我问皮特。

“耐心地等。”他说，眼睛紧盯着岸边，“那里有四只雪雁在游动，它们是一个家族，很友好且相亲相爱。最有意思的是，当一个转头，另外的也都转头。它们一直保持着相同的方向，步调一致。这样它们在天上飞时，就也能保持一致了。”皮特说这是一种本能。

大概四点钟，雪雁开始松动了。开始是小部分的飞翔，它们在水面上滑翔，姿态优雅而有力量。然后它们升上天空，开始是一团团聚在天空，很快就展开来，形成了一排排的队伍，有的是一横排，有的是人字形。个别动作慢的雪雁落在队伍之外，也能很快地插到排好的队伍里。雪雁们好像训练有素的兵士，在雁司令的命令下，扇动着相同的羽翼，整齐而和谐有序。

观看的人群欢呼起来。我们开始追着雁群拍照。

雁阵在天空排成队后，向南飞去了。

然后平静了一会儿，又有些雁群开始飞翔，这次雪雁更多些。湖面保持着一种动中有静、起伏不平的状态。飞起的雁群有的飞走了，有的在空中兜转了一圈，又落入湖水。安静的雁群中不时有一两只雪雁昂起头，扇动几下翅膀。

大约五点钟，突然，雁群像狂飙一样震动起来，一刹那，水面上像刮起一股狂风，所有的雪雁腾空而起，布满了我们头顶的天空，他们欢叫着，叫声和翅膀的扇动融为一体。有些雪雁只在我头顶上两米左右，我能看清它们的每一支羽毛，这是我与雪雁最近距离的接触。我拎着我的傻瓜相机，什么思想也没有，只会按快门了。

那真是壮观的景象。只一瞬间，湖面上空无一物。

远处的秋山上还有五彩的颜色，平静的湖面上波澜不惊。雪雁在空中的叫声和滑翔的身影，让这秋山更加静穆，让这空间充满生命力。

我很快发现，两万只雪雁壮丽的飞翔，是一个小小的镜头装不下的。大自然是如此宏伟，我们能够留住的真是太少太少。我于是坐下来，只睁大一双眼，希望能把这瞬间装入我的脑海、我的记忆。

我在雁群腾空而起的强大阵容面前，浑然忘我，那一瞬间，我的身体轻盈向上，好像自己也是雁阵中的一员，加入它们一起飞翔。

雁阵的欢叫声慢慢远去，他们很快排成有序的队伍，向不同的方向飞去。

那浓了一天的乌云这时竟然慢慢散去，在云缝里射出几缕红光，照在渐行渐远的雁阵之间，让雁阵有了一种回家的温暖。

“它们就这样飞走了吗？”我恋恋不舍地说。我回身四望，惊讶地发现，观看的人们开始离开了，好像雁群的同时飞起是一场表演的谢幕，演出结束，观众散场。

皮特很有经验地安慰我：“它们并没有走，只是到附近的农田里去找寻食物了，也许还在那里住上一两夜。雁阵南去，都是选择在夜半的时候起飞，这个时候，它们不会走得太远。”

在半夜起飞！这句话让我激动起来。想象一下，在秋天的夜半，群雁飞翔，向着它们温暖的南方，那是怎样一幅引人入胜的图画。

然后，皮特自言自语地说：“每天都是这样，它们在夕阳坠落的瞬间起飞，向大自然展现它们的力量，宣告黄昏的来临。它们知道，那是它们飞翔的时刻。它们什么都知道。”

哲学的鸟

冬日里的轻雪，漫无目的地飘上一夜，清晨，树就有了新妆。那栽在树干上的雪花，初看是“一树梨花始盛开”；极目望去，又是“千树万树梨花开”。大团大团的雪花，有一种雍容安静的美感。

这天我站在窗前，正陶醉于雪树之美，却见一群小麻雀飞过来。它们抖着风轮一样的小翅膀，忽高忽低地飞落在树上，在灰灰的天空下，构成黑白灰的一幅美景，婉约又简练，好一幅美丽的中国水墨画！

中国画中很多是有小麻雀或者小燕子的。我喜欢丰子恺那种江南风情的寥寥数笔，着墨之处有时不如留白多，却给人丰富的联想。

麻雀们落了树，只瞬间，又成群飞到过街的树上去了。且慢！还有两个留下来，它们晃动着脑袋，啄着什么。我惊异地发现，原来我窗前的黝黑的老树上，居然还结着一粒粒细小的圆圆的树籽！那树籽实在太小，抑或是我太粗心，竟没有注意到那是老树给麻雀们留下的冬日食粮。

原来老树就是一座谷仓。留下的两个聪明儿一啄一食，吃得不亦乐乎。他们的同伴到哪里觅食了呢？

呼哨一声，过了街的鸟儿们又飞了回来。大约让它们好高骛远的那棵树上，并没有想象中的美食。于是老树便热闹起来，鸟儿们一阵翻腾挪越，一阵强取豪夺——小小的麻雀其实是生机盎然而活力四射的，而它们对树的态度，着实是粗暴而践踏的。它们一点也不小心翼翼，更无珍惜感恩，它们的小脑袋摆动如钟摆，吞咽得也极有效率。小鸟的动作速度，是人类行动的数倍，麻雀的群体，委实是高速度快节奏的社会。

然而它们却只停留了几秒的时间，很快就又飞走了，又被另一棵树吸引了。鸟儿们无需珍惜和留守，因为上天赐给它们的盛宴极大，是一个广阔的天地。每棵树上，每片草地上，都有树籽和草籽，都是它们盛宴的餐桌。

它们只在这里吃上几口，不知是餐前开胃，还是餐后甜点，即便是主餐，也只是多个主菜中的一道而已。

它们呼哨而去，一鸟飞起，众多尾随。一个个像小黑箭头一样，爆发力强而且尖利。须臾，又从一棵树转移到另一棵树。他们摇着身子晃着头，如同一群初闯世界的新孩童，充满好奇和迫不及待。它们叽叽喳喳，活跃神速，绝不停留。然后，它们小小的身影，越过楼群，跳跃着离开，变成了天空中的小小黑点。

我望着它们，直至黑点消失得无影无踪。我收回目光，落在窗前的老树上。老树的每个细小枝头，还有许多饱满而圆润的树籽，可供麻雀们饕餮数日，然而远方的诱惑，却让鸟儿们义无反顾地奔向前方了。是不是只有远方才有诗意，抑或是生活永远在别处?

我的目光逐一望过去，在一片黝黑的树干和浮在树干的白雪中，我惊奇地看到一片尚未飘零的黄叶——然后，更为惊奇的是，我看到一只小麻雀，它竟没有飞走，竟然还在这棵树上埋头苦干。你看它的动作多么优雅，它的小脑袋摆动的幅度也并不大，它看起来完全不着急，它从容不迫而且安然自得，好像一个专心的耕种者，又好像一位真正的隐士，或者就是一位美食家。它发现、采摘、挑选、品味，它安稳而专注，毫不为周围的环境和变化所动，它对待树和树籽的态度是那么怡人心脾，赏心悦目。

那是老树上最后一只麻雀。

这只麻雀像一个哲人一样专心做它的事情时，并不知道窗内的我，用怎样尊重的目光，欣赏着它。

它是我见过的最美的一只鸟。

晒台上的野百合

从朋友的花园里移植到我小小的晒台上时，野百合是两棵，一棵茁壮，一棵瘦弱。种在花盆里，两棵植物都有点蔫蔫的，大概因为移植要经历一段适应期吧。新的土壤，不相识的主人，陌生的环境，不同的雨水。强壮的一棵开始也有点无精打采，好在过了几天，试过了土壤和温度，它就慢慢地康复了，站直了身体，叶子也慢慢地拉长了，一排排齿状的叶子均匀而长短不一地排列着。瘦弱的一棵歪歪扭扭地站着旁边，叶子有些蔫，但还好，也还活着。

鸢尾花来时是结了花苞来的。因为移植的缘故，好好的花苞居然干枯了。我内心一直盼望着它能康复，最后看到的却是干枯，直到凋零。凋零后的花蕾分裂开来，我才看到内里的花瓣已经长出若干层次，俨然是成型的胚胎。在阳光下，每片花瓣都泛着透明的淡黄色的清晰叶脉，那是纯洁的没有经历过风雨的花蕾。我心疼那一份有孕育而没有开放的花朵，它的失败让我流泪。

到了六月中，我惊喜地看到野百合有了花苞，而且居然有两个。因为鸢尾花的失败，我几乎不再敢对野百合存有奢望。我反复检讨自己，是浇水太多还是太少？在绵绵雨季，是让它承受雨水的滋润，还是把它放在檐廊之下？这些问题，对于生长在大地上的花朵，都不是问题，但对于从大地上出生，移植到阳台上的花盆里的花，都是关乎生命的大问题。

而野百合好像并没有我担心的那样脆弱。清晨起来，我看到花蕾有长高一些。过了几天，花蕾长成一寸多长，像一颗子弹一样笔直的形状。开始，花蕾还是绿色的，每一天，每个清晨和黄昏，它都变幻着越来越浓的粉红色。然而与它那并蒂的花蕾，如今却是天壤之别，一朵大过寸长，一朵却停在几周前的青涩模样，只有大花蕾的六分之一大。我被这生命的差异震惊了。

大朵的花蕾还在不停地膨胀着，原来浑然一体的花蕾开始有了分裂的痕迹。垂直的中分线，让我能够预感到那花朵将是怎样完美和饱满，开放时会是怎样美丽和缤纷。而且，我看到花儿像一个婴儿撮起的嘴唇，开始有了与世界呼吸的生机。

花朵开放在下一个清晨。那是个美好的清晨，我醒来时，它就开了，鲜红的六个花瓣里，含着颤颤的红黑色花蕊。它明亮、鲜艳，好像一道阳光，照亮了我小小的晒台，我平凡而普通的晒台。它在微风中怡然自得地摇摆，真的是在翠绿丛中笑呢。

而与它并蒂的小花蕾，却依然小而青涩，在大花耀目的光辉中，身形显得愈加渺小了。

还有它身边瘦弱的另一棵，如今矮小得几近垂垂老矣。

我突然明白，在这一盆花中，有限的养分都给了那夺目开放的花朵。想到这个，我的心变得格外难过和忧伤。

我把晒台上的野百合搬到楼下，种在公共花园的大树下。它不再住在我的晒台上，点缀我的视野，但它可以因此而亲近大地，从大地的怀抱里得到它所需要的养分，让那株瘦弱的野百合强壮起来，让那停止生长的小花蕾得到更多的哺育，实现它孕育已久的梦想。因为，每一株花木，每一朵花，都有它来到世界上的原因，也都有它独特的生命和与世界的缘分。当它们拥有更广阔的空间，当它们绽放美丽的花朵，我相信，那个时刻，将是我空空的晒台上最美丽的时刻。

每一棵树都是一篇好小说

时光开始入冬了。冬意味着平淡和宁静。我坐在书桌前，眼光随着冬天的阳光飘忽不定。后来，我被马路对面的一棵树吸引了。这是一棵普通的树，从地上长出的树干本来是直的，长到两米处时，分成了三个分枝，三个分枝再向上，分成更多的分枝。它们一直不停地分枝，分到树冠处时，已经分成了无数细小的枝条，在灰色的冬天的天空里，形成密密的网络，布满天空。每个细小的枝条都向上伸着手，好像是每个活生生的血管，从树根部向天空，伸出无数的渴望。我被那无数摇曳的渴望震慑了。

在所有植物中，我最爱树。有人曾说过，自然界中最接近上帝的，就是树。是呀，山再高，也高不过树，因为顽强的树总会生长在山上，比山顶高出那么一截。

树的一生，很像人的一生。春天时它一身青翠，好像我们的少年；夏天枝叶茂密，好像我们的青年；秋天一树缤纷，让我们常驻足在它盛大的闭幕式上；然后，是冬天的孤桐直上，了无牵挂后的肃穆。

有些树，在秋天还能集四季于一身。我在魁北克的秋天里，就曾不只一次看到一棵树上分明的四季，树身朝阳的一面，已经是红黄相间，背阴的一面，却还是绿叶青枝。

树的千姿百态，也是让人陶醉、引人遐想。白桦娇俏妩媚，枫树高大坚强，椴树总是挂着两片小夹子，好像巧妙的情思，而橡树，有着憨厚而温柔的外表。

我爱树，更爱它给我的启示。

我的视线沿着那些细密的枝条一直望上去，在天空中它们引领我的视线，留给我无尽的联想空间。

从中间部分，树开始分化，分开的枝干不仅向上，而且旁逸斜出。从平面的视野里，我能看见那些枝条相离然后相交，又分开来，形成我所不能意想的线索。就好像是一篇好小说，在某个地方断开来，又在意想不到的地方相遇；又好像是人的一生，与其他人相遇、分离，又在不期然中相遇。树枝就这样连接着，分裂着，让我想到人生的轨迹和曲线。人生是一幅多么意料不到的图画，美丽、心酸，快乐而又忧愁。而这树的线条，又是多么生动的图画。其实我们真的不必为构思或技巧苦恼，去看一棵树，它就是最好的小说，也是最好的人生。

线条到了树冠之后，无论枝条横逸，还是挺秀俊朗，都会形成一个圆形的树冠，那冠的形状饱满而圆融，正合了中国文化中圆满的概念。无数细小的枝条由底部的坚实上升到每个细胞、每个树叶，充满想象和愿望。而那细小的网络所构成的天空的渴望，正是留给读者最精彩的联想的空白。

树是好小说，每一棵树都是一篇好小说。再没有比树更精巧的结构和更震撼人心的主题了。

开到荼蘼

每天早晚，我在路边散步，常常会被各色花朵吸引。

春天的大地上刚刚开的是黄色的迎春花，它是一种奇怪的植物，是我见到的唯一一种先开花再发绿芽的植物。早春之际，树枝尚且干枯，嫩黄色的花朵就开了，一簇簇开着，没有绿叶的衬托，看上去像假花一样。赶上冬季长的年头，雪还没融化，迎春花就开在雪地上。我常常担心那么娇嫩的花朵会凋零，但却从来没有。有时夜里降温，清晨我提着一颗心去看它时，还是一样的精神抖擞。花还未败，叶子便慢慢露出芽苞，要等到叶子肥硕些，黄花才慢慢败下来，好像不忍再让树干空虚着。有时只几天的工夫，叶子就把花淹没了，翠绿的新叶像另一种含苞的花朵，代替了迎春花。

有时我想，迎春花为什么这么独特呢？是因为它的使命就是报春，还是其他原因？世界上的植物多是绿色，早春也是绿色，然而迎春花却是那样特立独行地赶在绿色之前报告春来的消息。

这也是它与生俱来的使命吧。所有的发生都有它自己的原因。

地上长出小小草时，勿忘我这样的小蓝花就迎风开起来，然后是风信子、百合、黄花、金簪子、小月季。还有一簇簇的英国小雏菊，一开就是一片，在阳光下，细小的枝干挺直，白色的花瓣，淡黄色的花蕊，迎风摇曳，宛如纯真而多姿的少女。

时至仲夏，树上的叶子开始变得茂盛，恰如生命正值盛年。有些树已结了果子，小指甲盖大的小果子在茂盛的树叶下默默地长着，不仔细看，几乎看不到。花却到了盛会之时，牡丹和芍药就是那花会最迷人的主人。

牡丹且不用说了，卿本国色，倒是芍药开时让我十分感叹。它们是大朵大朵的，比成人的拳头还大，有时一枝上就开出十几朵，把枝条压到地上，花就那样贴着地，一簇簇地开着，开得如痴如醉，开得得意忘形，开得好像喝醉了一样，摇摇晃晃而不自知。我忍不住伸手去扶它，而一旦放手，它便又回到地上，真真是扶不起的睡美人。于是想起《红楼梦》中的史湘云，那个“爱哥哥”和“二哥哥”不分的豪爽奇女子，醉卧在芍药花丛中的憨憨美态。可见湘云就是一簇芍药。

这样开着，只几天，就开到荼蘼了。外边的花瓣开始委顿，内里的花瓣依然肥厚茂盛地长着，好像把三个季节聚集的力量都释放在这几天的美丽上。花儿开到荼蘼，然后就是凋零，这是自然的事，然而当它开到荼蘼时，花儿并没有想到明天。花儿只是一味地开，一味地盛开，开到烂漫得让人心醉，让人心痛，让人心酸，只为博得这一季的美丽和尽兴。这真是花的性格和精神。

开到荼蘼，是花儿最盛也是开始败落之时了，肥肥的花瓣慢慢地垂下来，萎靡下来，好像拼尽了周身的力气。然而它还是那样好看，那样美丽。那是忘我的美丽。

我忍不住赞叹这花，这勇敢的花，这看似娇嫩实则坚强的花，这在夏季开放，却让我们在寒冬还念念不能忘怀的花。

燃烧的野玫瑰

七月盛夏，几个朋友一起开车去加拿大东部游玩。

在我们旅行的途中，一直相伴的是加拿大土地上到处盛开的野玫瑰。那玫瑰繁茂瑰丽，色彩夺目，以至在每一个停留地，我都不由自主地站在玫瑰的前面，试图与它亲近。大海是美丽的，高山是美丽的，看到这些美景的时刻，就像遭遇爱情一样，是震撼心灵的时刻。这些野玫瑰同样地美丽，即使它出现在没有海和高山的任何地方，也并不能因此减少它的风姿。

野玫瑰对我而言并不陌生。小时候，妈妈很喜欢用野玫瑰花瓣与红糖相拌，和面做成玫瑰馅饼。其味除香甜之外，又有一种略涩之口感，很是别致。知道玫瑰蜜饯是长大之后的事，北京的很有名。去年有朋友从台湾来，特地带一份玫瑰蜜饯与我喝茶品尝，那玫瑰蜜饯有浓郁的香气，传统手工炮制出多重滋味，久留唇齿，妙不可言。与妈妈做的相比，是甜腻厚重与清淡略涩两种，风格迥异，各有韵味。

我亦喜欢直接吃玫瑰的花瓣，那种滋味，在口中可盘桓很久，其香味轻轻浮在甘涩之上，可直冲鼻腔。而含一片玫瑰在口，耐心地等待它的味道由涩转甜，由浓转淡，也是一种心境的转变。

因此想起英国作家罗根·史密斯的一篇散文。写一个终生未娶的老侯爵，在他的后花园里种着一株野玫瑰，当他垂垂老矣时，对初次见面的远来客，貌似毫不在意地讲述了野玫瑰的来历。他说他年轻时曾爱过一个少女，常常策马扬鞭，赶很长的路去看他的情人。然而那情人却常常姗姗来迟。有一天他在花园里等待，无聊至极愤怒之时，便折了一支她的野玫瑰，藏于袖中，回家种在后花园里。没想到，这玫瑰生命力极强，在花园里茂盛开放。第二天远来客将走，车后有人追来，原来老侯爵派人送来了一枝野玫瑰。这远来客也是花痴，一回到家，便种下这枝野玫瑰，竟也繁茂盛开。每年六月，猩红浓郁，蔚为壮观。文章结尾叹曰，如今老侯爵早已不在，而那茂盛的玫瑰，却仿佛还带有那意大利情人燃烧的愤怒。

站在娇媚而野性的玫瑰花前，想到那个遥远的愤怒情人和燃烧的花朵，一缕微笑便不由自主地浮上嘴角。

车子继续开，我们一路向北，野玫瑰花依然随处可见，我便常常怀想起那篇美丽的散文，并把那侯爵的情感反复掂量，体会其中美丽与哀婉的元素，和对爱情丰富而永恒的描述。仿佛咀嚼玫瑰花瓣一样，浓而至淡，淡而复浓，后来竟有了一种深入骨髓的体贴和慰藉。于是每站在玫瑰花前，就忍不住想到，也许这就是从那侯爵花园里移来的玫瑰，如果真是这样，北美大地上岂不是处处都有因为爱情的愤怒而怒放的玫瑰？这样想时，玫瑰的颜色好像更加艳丽，而因此触及的少年的爱情，也展示在眼前，就像看到了那样一幅青春之爱恨交织的画面。岁月流逝，生命短暂，唯有千古玫瑰，在风中兀自开放，好像一团团燃烧不息的火焰。

沉思无名湖

无名湖，是我看到过最美的湖。而遇见最美的湖的原因，是因为我们在去翠湖时迷了路。我们在迷路之后，突然眼前天地开阔，看到了这个小湖。

我认定这是宿命，是一种必然的偶然。迷路，让我看到了直抵我内心深处的最美景致。

这里涉及到一个定义，每个人眼里最美的概念是不同的。就知名度讲，中国的西湖与加拿大的翠湖，都是闻名遐迩，也给我很多感触；但就个人而言，我却独爱那一片无名小湖。因为这片小湖的安静，令我震慑。

在这之前，我不知道世上还有这么安静的地方，树不动，水不动，连白云都停止不动，所有进入眼帘的只是一幅静止的画面，却有那么一种强大的气场向你涌来。这是没有时空的永恒之地。一种亘古不变的力量，让我的心突然静止如云、如水、如树。

年近五十开始读经，开始关注生死的大事。初始是朋友之间相互传书看，然后自己找书来读，开始入迷，开始关注灵魂的事。这些是年轻时不去想的，如今身边能放下的事情越来越多。印度人有两世，俗世的生活是生儿育女，繁衍后人。完成了俗世的任务，就可以出家为僧，修行去了。记得年轻时读到过那样的话，说青年如诗，中年如小说，晚年如散文。我理解这就是人生三段生活，同时也是三重境界，自然之法则。《叶问》中宫二小姐说："三重境界就是见自己，见天地，见众生。"想来这亦是灵魂的必经之路。

有人说所谓的低调就是老了，变得越来越不喜热闹，越来越精选朋友，越来越耐得住寂寞。其实低调也是一种对生命和生活的保守态度，就如秋天的树叶，在进冬之前先自脱落，为了保存明年的生命。或者应该用王维的诗来说，"行至水穷处，坐看云起时"，也是一种禅意和哲思。

随之而来的是疾病、衰老和死亡。这些在年轻时听不到或听到就当耳边风的词，如今真切地出现在生活之中，不能不令我们动容，就像古诗所云，"耳边但闻故人稀"。虽然还未到如此地步，却也有些早凋的树叶，因为各种原因，率先离开我们。每个人的命运，就好像同在一棵树上的叶子，因为莫名的命运，同一棵树上竟有四季的花朵，有的开得正艳，有的却已凋零。表面看并没有什么，细想来那里定包含着为人所知或不知的因素种种，并不能一言蔽之。这样想时，忍不住对此生不能解之谜，生出无限感伤。

近日读杨绛的《百岁》，很感慨，喜欢她引用英国诗人兰德的诗：

"我和谁也不争，和谁争我都不屑。我爱大自然，其次就是艺术，我双手烤着生命之火取暖，火萎了，我也准备走了。”

我之所以如我，正因为我与云、水、树都是一样的生灵。第一次看风中的芦苇，仿佛看到的是自己，再没有了人与物之间的相隔。

年轻时一直不能领悟的杜甫的两句诗，“水流心不竞，云在意俱迟，”终于在面对这无名之湖这一刻时，顿悟。

为了春天而欢唱

蒙特利尔的四月，是个让人快乐又向往的月份，五月的缤纷就站在它的身后，却还没有露出一点绿色。昨天是22度，人们穿着单衫行走；今天上午是阴雨绵绵，午睡醒来，见窗外竟是飞雪如花！昨天的温暖好像一场春梦，竟无处找寻。

因为闭关了整整一个冬天，在温暖刚来时就忍不住打开门窗，还对陈年旧物进行清理。昨天洗衣机工作的时候，我把地毯放在阳台上，竟有七星瓢虫飞来驻足。我停下工作，低头看那只俗名叫“花大姐”的来客时，听到鸟儿欢乐的歌唱。

那是一只黑头红背黑尾的画眉鸟。它站在老树的枝头，用它婉转清脆的歌声在歌唱春天。园子里的草还是青黄不齐，又因为铲雪机的缘故，很多草地都破损了。老树还没有一丝绿意，也许因为即将发芽，树干显得更加黝黑。各家的阳台，还是冬天的着装，没有遮阳伞，也没有花朵开放。然而那鸟儿却不停地歌唱，好像对着一个美丽缤纷的花园。它唱得如此投入，如此兴奋，好像一个好久没登台演出的演员，要把积累很久的激情倾诉给观众。我停下手中的活计，忍不住泡上一壶绿茶，在椅子上坐好，就像坐在华丽的歌剧院的包厢里，一心一意地聆听它的歌声。

从上个秋天到冬季，我在学法语。冬天雪很深时，教室里来的人少。我喜欢坐在靠窗的地方，在那里能看到外边的景致。秋天里甜美的枫树，树叶很厚重，然而一进冬天就萧条了，只有树梢在寒风中抖动，整个宇宙俨然阔大而寒冷。有一天我无意间抬起头，看到一只灰色的小鸟站在枝头。大地白雪一片，黑色的树枝上，它好像站在一幅水墨画里。我想它太冷了，你看它缩着小脖子，膨松着羽毛，面对太阳，好像在向冬日里看似热烈实则冷漠的太阳取暖。它一动不动，只有风掀着它的羽毛。下课时它还站在那里，当我站起身更近地看它的脸，我看到它的嘴在动，原来它在向着太阳歌唱呢。

它在唱一首怎样的歌呢？我忍不住想。看它那个样子，该是一首孤独的歌吧，它会有怎样的喜怒哀乐？是在感叹冬天的漫长，还是在吟唱雪莱的诗句，“冬天来了，春天还会远吗？”思绪纷纷扬扬，竟充耳不知老师乔治在说什么。下课后，我踏着积雪绕到后院，特地去听它的歌唱，它却已经飞走了。那冬日里萧索的树枝还在，然而没有鸟儿，竟让我感到莫名平淡下来。

今天这只鸟，是不是就是那个冬天树上的歌唱家呢？它们当然长得不同，但长相有什么关系呢，它们的灵魂多么地相同！我侧耳倾听着它的歌声，在它婉转动听的清脆歌声里，我听到春天的微笑、春天的舞蹈，我听出了它热烈的爱情，它说：“春来了，春天来了。”

我知道春天正进入我们的生活，正把我们的生活染上七彩颜色。楼下匆匆而过的行人或许只以换衣展示春天，而那个造物主挚爱的小小的鸟儿，却旁若无人地站在枝头，大声欢唱。

请大声地欢唱，为了春天而欢唱！

冬日窗下那棵果树

去年初雪刚落时，门前的院子里多了这棵果树。树干细而黝黑，一人多高，貌不惊人。我认识的树种不多，对树的种植不甚了解，只是注意到加拿大的树和草皮都是在入冬时才植下，与我以前的知识不同。不是应该春天时种树吗？小时候都是这样的。

春天来时小树开了一树繁花，有点像樱花，但比樱花还大一点，粉红色的，一簇簇很茂密地挂在树上，风吹来时就招摇着，好像一群小女孩，聚在一起笑个不停。楼下的邻居老人，刚刚从祖国来探亲，对这里的一切还很好奇，他大声地叫他的孙子孙女在树下照相，声音里充满喜悦。

花朵们刚好搭在女孩绯红的小脸上，让人想起崔璟的那句“人面桃花相映红”。女孩刚搬来时还没上小学，梳着童花头，短衫短裙，在甬道上疯跑个不停。如今上了学，一转眼的工夫，那圆圆的脸上，居然有了初长成的感觉。女孩特有的温婉柔媚，从她细细的眉眼和线条中慢慢地流溢出来，就像那一簇簇拥挤着的芬芳。

花开后就结了果实。果实青涩时并没人留意，因为它们那么低调地隐没在肥大茁壮的绿叶之中，没有人看见它们，更没人欣赏它们。入了秋，叶子落了，果实便显露出来，青红相间，看上去很像小时喜欢吃的沙果。

有一天出门，见一个包着严严实实大头巾的阿拉伯妇人在低枝上采摘，便也好奇地去摘了一颗，酸涩得不堪入口。从此每日出入于树的身边，竟视而不见。

魁北克的冬日，是如此漫长，漫长得经历了大雪小雪，还有狂风和暴雪。有几天在零下 35 度的严寒里，夜里拉紧了厚窗帘，还能听到风雪拉扯着，敲得玻璃窗一片“聒碎乡心梦不成”。清晨拉开窗，见窗那边一人粗的大树，通体的黑树干上，半尺厚的雪压在上面，像一幅酣畅淋漓的水墨画。有碗口粗的枝干已被折断了，露出白白的碴口。我在惊叹风雪的厉害时，感叹冬天的严厉，叮咛着家人多加一层衣服。

出了门，却看见那一树青红的果实，在冬天的风暴中，不知何时已经通体红透，如紫红璎珞一般。我在惊讶之余，第一次细细打量。那一树的果实，除了低枝上曾被摘掉外，高枝上竟无一缺席。我不知道风曾怎样吹过，雪曾怎样肆虐过，而那一树的果实，就是这样傲然挺立着。我摘下一个放入口中——那冻透的果实中，少了青涩和苦楚，清冷的凉意中含着一丝成熟的甘甜，那是沁人心脾的甘甜。

我在清晨的雪雾中站立了很久，望着那折断的树枝和那挺立的果树。人的一生宛如这棵果树，所有酸涩的往事，一旦经历了时间的濯涤，就会变成甘甜的回报。而只有经历了春夏秋冬和生活的轮回，那果实，也才能褪尽青涩，熠熠生辉。

也许，这就是我们必须忍耐岁月的原因。

在南岸的森林里

复活节的早晨，我们去了南岸的公园，这是个以山丘为主的公园，森林面积很大，还有一面小湖。去年春天曾同朋友去过，那次我们在水泽中看见野鸭和小鸟。但今天很幸运，我们遇见了野鹿。三只短尾麋鹿站在与我们相隔一个小堑壕的地方，有人在喂它们胡萝卜，它们就一直同人们互动。还有的人在手上放些鸟食，有手掌般大小、黑白双色的小鸟就落到手上来啄，那小鸟飞得极快，像闪电一样。其实从人与动物的关系中最能看出社会民俗，他们的关系越近，人性就越淳朴。如果动物对人类毫无戒备，说明它还没受过骗，人类还没有欺骗过它们。

森林最美之处，是鸟的歌唱，那是天籁的合唱。卷舌音打着滚儿，波浪般涌过来，高音部的抒情直抒胸臆，没有丝毫的做作和犹疑，当然也没有刻意的拿捏和把握，那只是劣等歌者的做派。鸟儿是自然的歌者，它们是那么率真可爱，歌声清丽婉转犹如天使。间或有野鸭和大鸟的低吟，那是交响乐的低音部，浑厚而凝重，正好与小鸟欢乐的快板相互契合。一位老者躺在树林边的木椅上，双目合闭，正在凝神倾听鸟儿啼鸣，我想那天籁之音一定会给她想要的宁静和愉快。我站立很久，在这里重新发现音乐的定义、歌唱的定义、自然美的定义。

有人说诗人至少要认识20种以上的植物，我听了小鸟的歌唱，深以为还需要能听懂20种小鸟的歌唱。我深信那婉转的歌喉中充满了太多的含意，那是我们不懂的语言，里面藏着我们不懂的世界。

沿着高达两三米的树丛一路走过去，眼前开始出现林中缤纷的世界。因为没有绿树覆盖，我们能够看到树木的原貌，它们有着各种各样的树形，有同根生出三株的，也有生出两株的，让人们生出自由定义人类各种社会关系的联想。还有的树与藤相互纠缠着，也有只一棵树就让你平心静气。有一棵高大的树，在冠处自我纠缠，那高大粗壮的枝干并不直挺，而是忽上忽下，完全没有常规的树的向上的概念，一个枝干低下去，突然穿插进前一个枝干弯下去的部分。于是枝干与枝干之间纠缠着，好像是一个意料不到的小说情节，完全摆脱了正在叙述的部分，用倒叙或插叙重新布置和构架，揭开另一段秘密，展示全然不同的生活面貌。

芦苇像被晒干一样，还有阳光的香味。有些树上还有去年的树叶，那些树叶因为冬天的缘故，已经变成苍白的颜色，卷曲着却并没有干枯到脱落，居然还柔软着，让人对生命惊诧之余心生敬佩。魁北克是个土地异常肥沃的地方，在这个山区，树叶落下，落在流动的水里，慢慢地漂浮、腐朽，成为有机土壤。树木正是因为这样的土壤，才会经历六个月之久的漫长冬天之后，居然还骄傲地挂在树干上，没有脱落。这真是自然的奇迹和美丽。

去年春天来看过的小湖，如今变得很瘦，水面上还有未融的冰层，江鸥在冰层上快速地走，好像小小的舞者，而野鸭们在水中怡然自得，绿头鸭和麻头鸭亲如家人。春江水暖，残冬已尽，野鸭们像合唱着的鸟儿们一样，是自然最早的领悟者。

我们一路都伴着鸟儿的歌唱，神清气爽，好像生活在天堂一样，心无牵挂。有一次坐在椅子上眺望远处的树木，在一片健康的树中见到一棵只剩下躯干而没有树枝的树，笔直地站立着。我知道所有树木绿意盎然时，它不再青春勃发，然而它静谧而沉静，树干已死而根茎犹存，正在缓慢的时光中度过它最后的时日，等待岁月融化身体变成春泥。它静穆的样子，与蠢蠢欲动的充满欲望的其他树木形成明显的对比，就像人的一生，呈现出生命最终的本质，完美而安详。

这就是魁北克的春天，带着上个冬天的痕迹，也雀跃着春天的欢欣，昭示着自然的美好和生命随处可见的启示。

西岛小镇的春天

人间四月，早春来临，我和朋友们决定出游一次，目的地是西岛小镇。

我们从蒙特利尔出发，乘 211 汽车，大概 25 分钟后就到了小镇。小镇街道狭窄而整洁，两侧是各有特色的房子，寂静安谧，少有行人。据说小镇人口不多，年轻人大多去城里，只有老者偏爱这里。河边有尖顶教堂，是比哥特建筑更简洁的风格。学摄影的朋友曾在这里上过课，她说仅在教堂大厅里学照局部，就花了他们半天时间，每个人的作品各有不同，可见艺术视角的不同。最让我们欣喜的是可以站在圣劳伦河边远眺宽阔河面。河面尚未完全融化，还有积雪，然而河心却已流水如镜。河面还有残冰，枝头未有绿色，却有某种温柔萦绕呼吸，那是春天的苏醒和复活，和缓优美的复活。

我想起小时候在家乡，最喜欢在春来开江时去看跑冰排。所谓跑冰排，就是江上积冰裂成大小不一的冰块，自上游向下游漂来。江水奔涌，冰排冲下来，其景壮观，偶有冰排竖立而下，或几块冰排罗列在一起，更是动人心弦。我一年中最关心的就是开江的日子，站在江边，看万马奔腾，江风吹来，顿感宇宙之阔大，人生之渺小。大学时与同学步行一小时，到江边看冰排横流，书生意气，激扬文字，是难忘的时光。然而到蒙特利尔之后却从未见到冰排，河水融化时，只见细小如莲荷的冰块片片浮于水上，那是安静无声的消融。我想大概是圣劳伦河太过平静的原因，你看那河水，平静得甚至岸边都没有一点浪花，就像一潭安静的湖水，水波不兴。那是另一种安然之美。

小镇上有各种商店，其中有一间小小的手工艺商店，店里商品不多，却各有特色，陶罐、手镯、项链，还有人物雕像。我尤其喜欢一个雕像，身体很大，脸却只有窄窄一条，窄脸上一张四方形的嘴，好像在呼喊，又好像在歌唱。那高高飘起的头发，是脸庞的五倍之大，其状高昂而可爱。店里还有些手工钩织的衣领和小帽子，颇有欧洲古风。商店里的工作人员说周末他们有迎春的晚会，晚会上会有歌舞和啤酒，很希望我们来参加，并给我们名片，特意告诉说，是免费的。

朋友对小镇很熟，她说每个季节她都会来，她的梦想就是与爱人生活在这里，面对静静的河水，画画、写诗、唱歌。她领我们去了花店，在推门而入时说："这是我的家，欢迎进来。"我们都笑起来。店里有各种美丽的花，玫瑰、红掌、雏菊、缤纷的绣球，将开未开的迎春。我们在花丛中流连忘返，忍不住相机闪个不停。缤纷的植物好像一个个小精灵，我们被它们满溢而单纯的快乐惊呆了。它们是那样生机盎然。

小镇上还有各种民族饰物商店，印度的沙丽和绣花长衫，英国瓷器和服饰。我们沿街漫步，友人说好奇怪，怎么与蒙特利尔只有这么近，我们竟有出国旅行的感觉？街头摆着老旧的木制摇椅，一大一小。我想象那主人的闲适，在夏夜里，老人和孩子坐在摇椅上，望天上的繁星和地上的街市，也许是行人，也许是星星，游走如织。

我们终于在一幢老旧的房前看到有鲜花开放，那里的紫绒花正迎风招摇，还有一小簇蓝色勿忘我。最贴近土地的花，最早开放，也许这就是艺术之于生活的关系。

友人们感慨人生的幸运，感慨浮生难得半日闲，感慨人生的过往和春日无多。在这样远离城市和尘嚣的世外桃源，心灵自然敞开，好像有无尽的话语潺潺流出，人也变得格外亲密知心。情感的秘密，人生的感悟，我们有那么多需要交流的思想，而这些，都缘于这春天之旅。

我们常常湮没在日常生活之中，或者感叹没有时间去旅行。其实很多美景就在我们身边，而且，我们并不需要花很多时间和精力去找寻。我们只需潜心观察，美就在我们身边，而我们最需要的，是一双发现美的眼睛。

与生命有缘

三月的蒙特利尔，天色在黄昏来临时已然转暗。我到达巴士车站时，雪花舞得正忙，风吹得紧，瞬间双肩上就落满白色。我忙走进车站的玻璃房子，朦胧中见一个青年蹲在地上，正在整理他的双肩包。我低头看他时，那青年也正抬头看我，他咧嘴笑一笑，露出一排洁白的牙齿，我便也回以一笑。

玻璃房子很狭窄，小木凳上摆着一瓶水，一块锡箔纸上放着半块没吃完的三明治。年轻人就是这样，丢三落四的。看看地上，年轻人还在捣鼓他的包，旁边的地上放着一双运动鞋。

这青年一定是刚刚运动完，又累又饿，于是边吃边整理他的运动用品。不就是那两件运动衣和一双鞋吗？装好就是了，真是够邋遢的。

我正想着，突然听到一声低沉的鸟叫。我回头看时，见青年正对我笑着："看。"他神秘地说，然后掀开他的包。

包里赫然卧着一只黑色的大鸟。

那鸟有一尺多长，全身黑色。我再看时，认出它是中国民俗中的不祥鸟——乌鸦。

“它不能飞了。”青年开口说，然后小心翼翼地把大鸟放在手上，“也许它病了。”他又说。乌鸦用尖细的爪紧抓着青年的手，好像抓着可以依赖的树枝。

“我在那里发现了它。”青年指一指半块三明治下面的角落，“我想把它带回家，也许它可以在我的卫生间里住上三五天，或者一周。希望它能好起来。”

夜色中又有两个人挤进这间小亭子。胖胖的母亲对青年说：“这是你的三明治？”青年连忙站起来，把三明治捡起来扔进垃圾桶，然后说：“不知道是谁的。”

巴士来时我先上车，回头见青年把包放在座位上，他不坐，却不停地看那只乌鸦，我也忍不住探过头，他就掀开包给我看，小声说：“它很安静呢。”

乌鸦像栖息在它的巢里一样，安静地躺着，甚至眼也闭上了。我不知它是病得疲惫了，还是像回巢一样，休息了。

正是下班的高峰，车里人很多，嘈杂而拥挤的人群和声音，而那只大鸟，安稳而沉默，没有丝毫躁动不安。

“我家里还有一只猫。”青年是个爱说话的，见我很关心这只大鸟，想必把我视为了爱动物的同类，于是又开口说，“这次我带回这只鸟，它要害怕了。”“也许鸟会害怕呢？”我说。“嗯，让我想想，它们的身长差不多。”青年把手放在包上，轻轻地抚摸着，“今年夏天，我捡了十只猫。我把它们放在公园里，每天晚上我只要一叫，它们就全跑出来。”

“那你领养了几只？”我问。“我只能养一只，我的公寓太小。我的那只猫，爬在路灯上下不来了，那时它还是小猫咪，我爬上路灯杆，把手掌一伸开，它就跳到我手上，毛绒绒的，发抖，真不知它怎么上去的。”青年张开他的手掌，大而柔软的样子。青年沉默了片刻，然后说：“我想它也没有别的选择了。”

车上安静下来，人越来越少，地铁站到了。我们一同下车，这时我才发现，青年步履蹒跚，走路缓慢，很明显，他是个有腿疾的人。

一群十几岁的孩子，呼啸着飞快地掠过我们的身边。一个冒失鬼撞了青年一下，青年晃一晃，快快地用手捂住包，说：“唔，吓着它了。”

他把包横着托在手上，让包里的乌鸦有一张安适的床。

我突然想说：“健康而年轻的孩子们，请慢一点，不要因为你健康的腿脚就忽视身边的行人。”

行色匆匆的行人，赶着上班、赶着回家、赶着赴约的人们，没有人注意到躺在车站角落里一只飞不起来的寒鸦。

然而这个青年看到了。他看到一只病着的寒鸦，一只身在高处、孤立无援的小猫，他还看见那些或安静或鲁莽的行人，他只是笑一笑，不抱怨，也不愤怒。

那一刻，我在他眼里看到慈悲和宽容。

这个青年人，一直向前走，一直与鸟有缘，与人有缘。

这是与生命有缘。

孩子们飞快跑过的身影后面，是青年步履蹒跚的身影，他双手捧着那只乌鸦。我相信，乌鸦在爱它的人的手里，是一只快乐的吉祥鸟。

飞翔的絮菊

秋天去维多利亚小镇看雪雁南飞时，在大堤下面偶遇一株植物。起初我以为是一群小鸟栖于草尖之上，近了才看清，原来本来就是植物。这植物在雨后的湖边，叶荚已然爆裂开来，形成弯曲扭转的模样，恰如一只只小鸟。已是深秋，叶荚变成了成熟的灰黄色，好像是一群羽翼丰满的小麻雀，正在飞翔的旅程中，作惬意的小憩。

我太喜欢这种静默的鸟的模样，于是忍不住折了一枝回家。插在阔口大肚的花瓶里，那一株两尺高的枝丫就施施然安居在走廊里。

一日夜读，突然听到清脆的噼啪声，声音不大，却有力量，在安静的夜里，尤其清冽。我四处查看，并没有什么异常。清晨，我推开睡房的门，却见几朵洁白的蒲公英一样的植物的种子，小伞一样在空中漂浮。

我低头看花瓶中的“小鸟”，果然，有几只叶荚已经爆开，还有一团团洁白如丝的种子正在蓄势待发，等待下一轮的飞翔。

多么神奇的植物！我对着植物鸟产生了强烈的好奇。

于是找了好些书籍来查。原来这个“小鸟”就是北美大地上常见的马利筋，加拿大人称之为絮菊。

据记载，絮菊的绒毛十分光滑，作家卡姆在《北美游记》中曾经写到，穷人收集絮菊绒毛垫在床上，特别是孩子的床上，代替羽绒。而康多尔也提到絮菊绒毛被当作羽毛或棉花用，后来还传到了南欧。

这种绒毛，有一个好听的名字，叫作维多利亚丝。

这让我想起小时听到的故事《鞭打芦花》。说的是一个后妈，对自己的亲生儿子很好，棉衣是用棉花做的。但是对非亲生的儿子很不好，棉衣是用芦花做的。天寒地冻去干活，亲生子穿着薄薄的棉衣，精神抖擞；非亲生的儿子穿着厚厚的棉衣，却瑟瑟发抖。父亲见了，痛恨那干活不出力，只一味发抖的儿子，大骂之后，用鞭子抽打。不料一鞭下去，棉衣撕破，空中飞满芦花。父亲大惊，查看之后，回家就休了奸诈的后妈。

这个故事在中国家喻户晓，很多剧种都有这个折子戏。我还记得在夏夜里，母亲讲完这故事，总会伸出手指，点一点听入了迷的孩子的脑门，说：“再不听话，就让你爹给你找后妈。”

那孩子便哭，一边哭，一边说，不要后妈……

写过《瓦尔登湖》的作者梭罗，同时是一个伟大的植物学家。在他身后，留下很多对植物的研究和记录。在他的笔记中，他这样记载絮菊：

“假如你里里外外看看它的籽荚，就会发现它的形状像是一个独木舟。干枯以后，它们向上翘起，沿着外面的棱线裂开，显示出里面棕色的种子，银白的白膜就像一尘不染的丝绸。”

梭罗还详细记载了絮菊种子传播的过程。这位伟大的散文家，用诗意的语言来描绘美丽的自然。他写道：“在 9 月 16 日（多么精确的观察和记录），普通的絮菊最早的绒毛开始飞翔。尖叶絮菊的籽荚则要到 10 月 20 到 25 日，才开始裂开撒籽。1860 年 8 月 6 日，生长在山谷中的絮菊，它们的种子是被风吹走的。

“我摘下些种子，美丽的丝线立即弹开，它们变成了一个半圆形，相互之间全无牵连。这种种子有宽大的薄翼，使它们保持平衡不至于打旋。当它们靠近树林时，它们飞越过去，越飞越高。

就这样，它们一代代在湖上、林间和山峦之上飞舞。想想这个季节，许多征友的气球以同样的方式飞翔，有多少会这样飞过小山草地和河水，留下不同的的足迹，直到一阵风吹过，把它们带到新的地区。”

梭罗曾说过，在英格兰成熟的种子，可以在宾夕法尼亚生长。那么，对我而言，洞庭湖畔的芦花，或者天津一带的芦苇，在空中飞翔之后，也可以安居在加拿大圣劳伦河畔，就像美丽的絮菊一样。

有一次同一位笔名叫苇荻的朋友茶叙，说起笔名的来源，她说是为了纪念母亲。母亲的家乡盛产芦苇，母亲年轻时常常坐在湖边编苇席，她编席子的样子，正如孙犁的散文《白洋淀》里写的一样，“她像坐在一片洁白的雪地上，又像坐在一片洁白的云彩上”。

其实在世界任何一个角落，都有相同的植物和故事，甚至不同种族的语言中，也有惊人的相像。而无论絮菊也好，芦花也罢，它们成长的历史，就是在漫长的夏天，不断丰富自己，完善自己，以便在秋天坐在飘带上飞翔。我想，这何尝不是我们的目的，为了在新的世界里，在漂流的世界里，见到更广阔的天地，有更宽广的心胸。

我们每个人，都是一枝会思想的芦苇，也是一朵会飞翔的絮菊。

我把阔口的花瓶搬到阳台上，像梭罗站在他的阁楼上一样，把手中的絮菊向着天空吹去。秋天的阳光通透明亮，维多利亚丝在阳光的穿透中清澈洁白，如同崭新的棉絮。当风吹过来，那洁白的丝就像嗅到风的芬芳一样，一丝丝张开，蓬成一团美丽的伞。当它们借着风力向遥远的未知飞翔时，我想起那句诗，“好风凭借力，送我上青云”。这句诗用于絮菊在青云之上的飞翔，真是再恰当不过，因为飞翔，正是一粒种子的信仰。

樱花和雪花

夜读，有花来邀，一朵樱花，一朵雪花。

樱花是来自网络的。一众诗友，起意要写樱花，新体古体的都可，还附了许多图片，有来自日本的，也有来自武汉的。武大的樱花缤纷如云，树下站满游人，航拍的更是烂漫枝头粉若雪。有朋友戏言，看人山人海是每朵樱花的梦想，希望它们能看见我。还有来自华盛顿的友人邀约："能来赏樱花吗？可居寒舍。"

含着微笑赏了网上樱花，抬起头，窗外漫天飞雪。

再过两天，就是四月。"人间四月芳菲尽，山寺桃花始盛开。"如果人间是海洋，山寺是草原，那我的魁北克，一定是在沙漠上，因为它距离各地美丽的春天，实在太遥远了。

樱花是曾虔诚地拜见过的，在华盛顿的潮汐湖。那年地寒，春天来得晚，一路"打马下江南"，樱花还没有开。我们流连着等待了三日，在结满花苞的树下徘徊，看到了盛开的白玉兰和山茶花，樱花却谨慎而自尊，迟迟不肯展颜。

潮汐湖的赏樱，是北美一大盛事。围绕着湖边的樱花，是日本东京市赠予华盛顿的外交使者。赠花树3000棵，可谓大礼，华盛顿也不含糊，沿着潮汐湖栽种，绕湖一周，形成“远近高低各不同”之势。最好看的樱花，是站在湖边看对岸。后来第二次世界大战爆发，日本偷袭珍珠港，潮汐湖樱花当天夜里就被反战者毁坏五枝。当地政府为保护日本樱花，将它们改名为“东方樱花”。

后来，日本本土的樱花几近灭绝，又从华盛顿重迁樱花回本国繁衍。

有人形容日本樱花和美国樱花的不同，说日本樱花是偎依在母亲怀里的温柔少女，而潮汐湖的樱花则是远离故土长在别国的坚强女子。我深以为然。在华盛顿的寒冷春风中，东方樱花枝干粗壮而饱满，充满勃勃生机，与日本树下打着花伞的和服少女相比，开怀大笑的西方女子更像这花树的主人。

而雪花对我，是像家人一样亲切。从十一月到三月，魁北克的雪花一直相伴。童年时，我曾随父母远行至中国北极村，那里的冬天是雪的天堂，清晨常常推不开门，正是所谓的大雪封门。我们便用铁锹挖，然后用当地人自制的推雪机——一米长的木板，后面钉着长长的木杆——一路推过去，推出一条小路，才能走出去上学。走一段路，停下来回望，见大雪已经覆盖了来路。茫茫雪野，只有一个孤独的人。陈子昂所谓“前不见古人，后不见来者，念天地之悠悠，独怆然而涕下”，于我，就是这样一番场景。

任何一种自然之物，人们都会给予它一种寄托。我移民到加拿大之后，与雪的感情，就变成了“双城雪”。巧得很，故乡哈尔滨与新居蒙特利尔都在北纬45度。所以当蒙城下雪时，我就会想到家乡是不是也在下雪？事实上，相同的天气的确很多，环球同此凉热。区别只在于，家乡的雪多是硬硬的沙粒状，而异乡的雪多是大大的棉絮状，因为家乡是内陆，异乡是一个水汽丰盈的大岛。

雪花当然也消失得很快，然而人们却并没有哀叹它的短暂，大概是因为每年有半年，它会与我们相伴。然而樱花却着实地短，只有十几天的光阴，便吹雪一样飘落了。不知东京有没有林黛玉，有没有携着锦囊葬花的人。

樱花于我，与雪花不同。它好像一位尊贵的客人，让我喜爱又陌生。正因为这种生疏感，幻象的意味就更加浓重。歌也好，俳句也好，都是梦幻的境界。每想起樱花，就会想起渡边淳一的《失乐园》，想起在久木和凛子自杀前的那个夜晚，一片片花瓣从夜窗飘进房间，凛子雪白的肌肤慢慢埋在樱花瓣中——

当然也会唱那首樱花歌：

再见了，朋友
让我们在那里重逢
在那樱花飘落的路上
……

我终于还是坐不下去，决定到夜雪中走一走。走出门，雪花便飞旋着扑满怀，然而并不冷，到底已立过春，应该叫它春雪。雪花落地就融化了。街灯下的雪花旋舞着，好像是指挥棒下的交响乐团，各司其职地演奏。我便停下脚步，侧耳倾听那无声的华美乐章。一团团的雪，扑在脸上，扑在唇上，清新的凉，咽下去，竟有甘露之美。

我正醉心地看和听，低下头，却见脚下的草地已经裸露出来，而裸露出的草，尖尖细细，婷婷袅袅，已然满含绿意。雪花易逝，樱花伤春，而绿所代表的希望，却会长久地留在将来的季节里。雪沃肥劲草，寒凝发春华，樱花如雪也好，雪如樱花也罢，都是生命中的奇遇。

我想着，夜色清凉，如樱似雪。

隐秘的幽香

每日行走上班，是一种难得的享受。走在街上，看到树叶在一夜之间绽放，昨天还没有阴影的树，今天竟能在炽热的阳光下给人以阴凉。我惊诧于那植物在冬天积聚的力量。在貌似沉睡中，我们脚下的大地，正在沉默地完成精致而细微的培育和成长。

街上有很多是枫树，这是加拿大的国树。据说枫树绝大部分是生长在加拿大，而只有加拿大的枫树才生产枫糖。这真是奇妙的事情。初春时，枫树的叶子和花是一起开的，枫花是一粒粒黄豆大的黄绿色小花，当我走过一株树下，一阵风过，竟是一阵枫花雨，雨滴落在地上、车上、我的衣服和头发上。好美的枫雨，好像给街道铺上一层娇嫩的绿色地毯，让人不忍践踏。一朵枫花落在我身上，我便用手夹住，闻一闻，没有任何气味。那么娇嫩的花朵，不忍抛弃，就放在口袋里，继续前进。

即使在城市里，大地也是如此丰美！每家前面的地上都种着各种花草，行走其中，好像行走在花园里。凝毛杜鹃开得正艳，是那种让人心醉的水粉色；英国小雏菊貌似波斯菊，据说波斯菊还有至少两种名字，就是格桑花和扫帚梅，分别开在世界各地，于是就有了各有特色的名字。想必它们的主人，也是不同的种族，有着不同的肤色，使用着不同的语言。还有星星点点的小碎花铺满一地，叫不出名字，却甚为它们悠然自得的体态和美貌而心动。那不仅是外貌的美丽，我能看到它们如何在漫长冬天中积聚能量，在属于它们的短暂春天里，爆发自我的小宇宙。一花一世界，此言不虚。

地丁黄花虽小，匍匐在大地之上，却并不自卑。桂树长得很高，花朵茂盛，宛若开在云里，却也并不自傲。郁金香红红白白地开放，挺拔高贵，亦自然明快。万物有时，次第开放，各抱地势，无拘无束。

这个五月的早晨，家家院子里开着郁金香，红色、白色、黄色。最耀眼的是红色镶金边的那种，炫得耀眼。还有在教堂门前的小花坛上，那几株粉色郁金香，镶着浅黄色的边儿，阳光照过来，好像一盏盏小灯笼，纯洁而优美地摇曳，摇得人的心也像小灯笼一样，又纯洁又优美。

原来和谐就是自然，就是各居其位，就是形成一个远近高低各不同的世界。

我走走停停，看这大自然的造物，满心都是感恩和欢喜。

还有小鸟，在树上叫得婉转悠扬。有一次我听到两只鸟在对唱，站在两棵树上，你一声我一声，让我想起刘三姐的对山歌。美丽的小鸟，是不是也在对山歌呢？我就驻足在树下，仰头望它们，树叶挡住它们的身影，只有鸟鸣婉转。我便闭上眼睛，聆听这不可多得的天籁之声。

春天是一夜之间来的。在魁北克，春天是冬天和夏天之间的短颈，短到只有一天。人们脱了冬装，就是短袖衫，没有毛衣过渡。魁北克人没有过渡，就像爱和恨一样，没有过渡。

我曾在初冬时访问过枫糖屋，枫糖屋是魁北克独有的风景。在皑皑白雪的原野上，在笔直的枫树上，一个个银色的小圆桶斜挂在枫树上，那是接枫糖的工具。枫糖接好了，就在小作坊中蒸馏、提纯，然后制成金黄色的枫糖。这些枫糖，可以浇在法国的格子饼上做早餐，也可以加在咖啡里作佐料。最有风情的是把枫糖汁浇在白雪上，然后用一个小木棒，一圈一圈地卷起来，卷成一个棒棒糖的样子，放在嘴里，又清爽又甜蜜，很像我们小时候在家乡吃的糖人。人们真会享受自然的给予，而自然的无私馈赠，也正是为人类辛勤工作的奉献，不是吗？

我把枫花放在我的书桌旁。看书，写一篇关于枫糖的文章。夜色慢慢暗下来。黄昏时我站起身，看见枫花有些枯萎，便拿起来看它在一天之间的变化，这时，我闻到了香味。

这是一种甜蜜的幽香，像枫糖一样的甜蜜，让人忍不住闻了又闻。但你必须把鼻子贴上去仔细闻，才能闻到。为什么早晨我没有闻到这香味呢？我想，是不是因为这时的房间很幽暗，没有其他气味？或者就是我的心，沉浸在一种安稳宁静的心绪中，心无旁骛。黄昏如此安静，大自然开始归于静默。此时，正是物我两忘之时，于是，上帝让我闻到了枫花的隐秘的幽香。

暖　梨

在深秋季节，如果走在森林的边缘或者原野上，很容易看到一些果实散落在地上。甚至就在这城市的某些庭院旁，也不难看到成熟落地的红果。有一天我走在河边，居然邂逅了一种棕色浑圆的梨，这邂逅让我惊喜交加，因为这种梨太像我童年时在故国北方常吃的花盖梨了。

那时的黄昏，夜色早早就落了幕。吃过晚饭，母亲穿着一件浅蓝色对襟的毛线衣，一边洗碗一边对我说："去暖梨吧！"

暖梨，就是把在偏厦子的冻梨拿出来，让它们融化开来，作为我们餐后的零食。偏厦子是俄语"小仓房"的译音，我的家乡哈尔滨因为曾经受俄罗斯文化的巨大影响，有很多这样的词汇，就像上海话中的英语，是另一种洋泾浜。

我便跑出去，一边跑，一边听到母亲在后面喊："穿上棉袄！等会儿生病了，又要打针吃药！"每次我都只穿一件毛线衣，在母亲的喊声中跑得飞快，母亲的话天天说，就好像游戏。

花盖梨比白梨小很多，却是滚圆的，躲在偏厦子的角落里，一个个冻得坚硬结实，一不小心就滚落一地。我小心翼翼地把它们放在白瓷盆里，一个个码好，然后把冷水浇在上面。

冷水浇在冻梨上，冻梨就发出“嗞嗞”的声音，好像是在回应水的到来。

我把梨暖上后，就在地上走动起来，这是等待的时刻。我有时去看母亲织毛衣，有时去看几页书，更多的时候，我会和小弟一起守在白瓷盆边上，看冻梨怎样沉下又浮起。

用不了多久，圆圆的梨就变成了结晶体，每个梨的表面都结上一层透明的冰，好像一个个珍珠镶嵌在水晶球里。

而梨们，这时就因为冰而结成了一体，像一块冰排一样，慢慢地浮起来，他们一边向上浮，一边发出不断生成又不断碎裂的声音，好像北极熊踩在雪地上。不消几时，白瓷盆里结成一坨冰了。梨，那棕色浑圆的梨，一个个埋在透明的冰中，好像一粒粒待发的种子，又好像某种活化石，颇有一番冰肌玉肤的诗意。

我曾问过母亲，为什么暖梨不是用热水，而是用冷水？用了冷水，怎么还叫暖梨？

母亲说，在雪地中，如果有人冻僵了，第一要紧的，是不要把他放在暖处，而是要用雪搓，用力地搓，搓到让冻得僵白的皮肤下面，隐隐地现出血色，这人才算救活了。如果把他放在暖处，体外的气温高，冷气会一直向里走，这人就没命了。而用雪搓冻僵的身体，冷气会一直向外走，体内才温暖，人才能活过来。

暖梨，也是这样的道理。

这暖字，其实是有冷的含义在里面呢。我想，这世间，辩证的道理处处可见，不可拘泥于表面的含义。

母亲和我都没有想到，几十年后，我会漂洋过海，远赴异乡，生活在另一个国度。而我也没想到，在我一度被俗世的生活冻得生疼的时候，用来温暖我的，是清冷流淌的岁月之流。这世界没有人不曾受伤，任何人都会因为非理性，滥情或者软弱愤怒，无能为力或无所适从而留下心灵的阴影。阳光有多明亮，阴影就有多么黯淡；树长得多么挺拔，根就会有多么弯曲。我们生活在俗世之中，吸纳着，消融着，幸福着，也痛苦着。这些都是人生的常态，所以，不必惧怕寒冷，也不必惧怕阴影。暖就在冷的身边，就像美就在丑的身边。通过冷，我们可以走向暖，他们相互依存，又相互转化。而我们的生活，亦如春江之水，冷暖自知。这就好像，当一个梨子由花蕾长成果实，再由青涩的果实变成冬储的冻梨，让它复活过来的，是清冽的冷水；而杭白菊，却是在滚开的热水中上下翻卷，重现前世生命的优柔与华美。暖与冷，要看世间的造化。

我弯下腰，拨开圣劳伦河边的草丛，把那些被人们遗忘的冻梨拿回家，放在白瓷盆中。我目不转睛地盯着那些棕色浑圆的梨，童年的记忆在眼中如白菊般绽放。万千思绪，如晴空下的白云，纷至沓来，又绝尘而去。如今，我还记得那甘甜的美味——在梨子被冰水暖过来之后，消尽坚硬的表面，变成一个柔软的果实，你只消在那温厚的皮上咬上一小口，轻轻一吸，清冽甘甜的梨汁就会滑入心底。这是秋日丰润的果实，这是大地精神的复活，这是暖的精神。

柠 檬

从前有一个词叫香水女人，大概来源于“闻香识女人”，讲只要闻到女人的香水，就知道她是什么类型的。浓香的应该是浓艳，清香的应该是清雅。按此推论，喜欢柠檬的大概属于清香型，然而事实上，柠檬的意义不只如此。

西餐喜欢用柠檬点缀调制菜肴和饮料，比如浓汤、烤肉中加一些新鲜的柠檬汁，色拉中也要加几片薄薄的柠檬，作用跟白醋相近。柠檬饮料更是比比皆是，最简单的饮料是一杯白水中放上两片柠檬，水中就有了淡淡的清香。一杯柠檬水，是夏季里许多女孩的最爱，也是酒吧里看家的软饮料。爱美的女人还用柠檬和蜂蜜制作家酿柠檬汁，不仅有很好的美容效果，还能减肥。漂亮脸蛋和魔鬼身材只需日饮柠檬汁可得，真是绝妙。

柠檬之用，不只在食，而且在用。在洗涤用品中也多柠檬香型，像洗碗剂、洗衣剂，漂亮的盒子上总在黄金分割的重要位置上画一个黄灿灿的柠檬，让人看一眼就七窍皆通地嗅到柠檬的清新。

如果柠檬的意义仅止如此，那不过是一种植物而已。柠檬真正的意义其实是人类赋予的。因为人类，柠檬不再只是一个果实，而有了另外的意义。

记得刚到加拿大时喜欢看一个肥皂剧，大概叫《天使在人间》，有一集讲天使的人间女朋友的家中发生了一件奇怪的事情，她过世的老祖母的摇椅只要摇起来，烧咖啡的壶就会自动嘶嘶作响，古老的留声机也会自动播放老唱片，那唱片居然还会散发出柠檬香味。开始时他们以为老祖母还魂了，后来才发现是压在地毯下的电线作怪——摇椅一摇，电源就连接，烧咖啡的水壶就响了，古老的留声机也会自动唱了，柠檬的香味也会在空气中慢慢地飘过来——除了摇椅是空的，所有的一切都标志着老祖母的存在。

于是想起一个老外朋友的话，他说他最喜欢身上带柠檬味道的女人，这让他想起家和母亲。

柠檬在中国走红是因为一种酒，就是墨西哥的克罗纳。80 年代酒吧刚在南方兴起时，克罗纳就进了中国。克罗纳色泽金黄，口味柔和清冽，传统的喝法就是在酒中滴上几滴柠檬汁。所以，那时的柠檬在中国，不是一种水果，而是城市小资的标志，就像今天的星巴克。

在加拿大，年轻人喝啤酒时要捎带一个小柠檬，老奶奶调色拉时也要买一个。小小的柠檬，平淡而灿烂地挤在一起，一年四季点缀着人们的生活。

无论如何，柠檬都是一个调剂品，如果只吃柠檬，味道就实在太酸了，所以在法语中有这样一句话：如果生活给了你柠檬，那你就做一个柠檬派吧。

想　雪

一

圣诞节时下了一米半深的雪，听说是蒙特利尔40年来的纪录。每家门前都驻起雪墙，门前的小径，好像是一条条堑壕地道。随后的几天，气温猛然上升到零上9度，雪开始融化，只是积雪太厚，居然不能契合那句“雪一见到太阳，便消失得无影无踪”的谚语，只像将棉花糖放在火上烤一样，慢慢地矮下去。今晨拉开百叶窗时，看雪花又飘起来。呀，这才是我心中的冬天，我爱白雪的冬天。

儿时的友人从佛罗里达打电话过来，我说：“这里下了好大的雪，你那里有雪吗？”她笑，说：“她这里没雪，只有太阳。”

我说：“你不想雪吗？”

她说：“在家乡看了30年还没看够雪？”

我说：“怎么会看够？是雪呀，看也看不够。”看不够的白雪，在我的世界里飘，飘来的不仅是冬天。

二

夏天很短，却也有高达30多度的时候。我不能忍耐，每到此时，就忍不住想雪，想在晴空朗月之下那纯白的世界和飘在空气中的清冽。我是不能离开这白雪了呀。

在半米高的雪中行走，安妮抱怨说人类是春夏的动物，冬天不是我们的时候，我正大口呼吸着冬天空气中的甜美，一年的愿望终于在这一刻成为现实！

夏日也有醉人的绿意和温暖，我也会在矮墙上缠绕的绿萝中迷醉。

夏天的知了，躲在树里千声万声地唤，整个身体就像只有一条喉咙。

夏慢慢深了时，阳光会照在对面的砖墙上，闷热就反射过来，让人有一种透不过气的烦闷。

这时，我就会想起雪，想起在冬天的雪地上行走，雪面上洒着月光仙子的银色花瓣。我的体温会慢慢地降下来，墙外的红花绿树，也慢慢地游移它们的影子，轻轻巧巧地溜出我的世界。

雪是让我冷静和清洁的所在。

雪是我的另一处洞天。

三

许多曾经有过的青春，都是伴着雪来了又去的。记得大学时下了一场超大的雪，我们堆雪人、打雪仗，从晚自习一直玩到凌晨。

还有刚刚谈爱情的年龄，他在雪地上印下一个自己送给我，我站在他长腿长手的雪人面前，低下头不停地笑，笑得流出了眼泪。

雪是我的好时光。年少的我最爱的就是在漫天大雪里走，手里拿一串鲜红的山楂糖葫芦。越走越热，就摘了帽子，啃那一串糖葫芦，冰凉地含在口中，是那么清冽甘甜。那么美妙的时光，是雪和糖葫芦的记忆，也是美好的过往。

那样的时光，爱哭爱笑的时光，爱戴红帽子也爱戴红围巾的时光，就在白雪飘飘中来，又在飘飘白雪中去。流年碎影，我如今只在这雪中找寻了。

爱雪，爱它包容一切的气度，化百态为一体的气概。

爱雪，所有的颜色，都敌不过一片纯白。

爱雪，最爱的是它的清冽和魔幻，在朗月之下，白雪闪着蓝荧荧的光，那样的美丽，可以幻化成一个童话世界。

给我讲一个雪孩子的故事吧！孩子这样祈求说。

月光就在他的小床前慢慢幽暗下来。

四

窗上，挂上了厚厚的一层盔甲，在月光下盈盈地闪着银光。忍不住伸出手去摸那晶莹剔透的雪分子，我感慨造物的精巧和缜密。这世界美丽的东西很多。我们只是在匆匆的流年中忘了发现美。

雪是那样的一个精灵，招惹得我不能忘怀。

夜静的时候，还是忍不住拉开窗帘看雪飘。窗外是一幅流动的画面，又像是无声的老电影。那远处的树木和行人，不知是不是演绎着某个心酸的故事，或者我在一恍惚间，也会走入那个镜头，记忆起陈年往事。

忍不住开了半扇窗，竖起耳朵去听落雪。风声稍稍地大起来，雪花夹带着风声，慢慢飘进来，我抓一把，一片小小地雪花，就融在掌心中。

雪是天上的白莲。我凝望雪花时，好像自己也是雪，可飘升，也可轮回。

就想起那句儿女情长的话：想你，即使你坐在我对面，我还是忍不住想你。

我就套用一下：想雪，即使雪就在眼前飘着，融化在脸上，还是忍不住地，想雪。

春来江水绿如蓝

春天仿佛在一夜之间就来了。今年雨水大，在连阴的天气里，空气有一种潮湿的烟草的气息。我们不敢抱怨这多雨的季节，怕一声叹息吓走了渴望已久的春天。

虽然身体浸在潮气里不能呼吸，树叶却悄悄地张开了沉睡的眼睛，美丽的花朵也绽放了。倚在墙角的一簇白色迎春花，在黝黑的枝干上招摇，因为没有绿叶的衬托，树枝的刚健和花朵的柔软，对比得格外醒目。郁金香骄傲地挺拔着，即使在盛开之际，也保持着茎口向上绝不披离的姿态，就像教养良好的淑女。

各种树的叶子开始从芽苞里抽出来，向天空怒放，这是叶子最像花朵的一次盛开。

碧空如洗，白云慢慢地游荡。仰头望上去，感到身体无端地放松下来，像白云一样缓慢，一样轻松，一样在千古岁月里飘浮。白云千载空悠悠，瞬间即永恒。

有人站在马路边闲聊。用心听一听，是在聊去加勒比海有几条不同的路线。

喜欢与人聊天气，因为每个人感受到的天气都是不同的，其中总是夹杂着个人的境遇。但总的来讲，人们谈论天气的心情是简单的。

有一天走在街上，突然听见呼的一声，抬头看，见一只麻雀从地面飞到树枝上，想来是被我的脚步声吓着了。既使惊慌地飞到树上，还不忘吞咽着刚到口的食物，噎得小脖子一挺一挺的。我急忙放慢了脚步，悄悄向马路另一边靠一靠。

一个金色长发的黑衣人像一只大鸟一样在街上掠过，那黑色长衣飘在空气中，给刚刚吐芽的绿树一种诡异的笼罩。另一边的女孩却已穿上短裙，走在明媚的五月天里。

这是寒冷与温暖交叉的季节。

远处来了两个骑自行车的年轻人，在快餐店门前停下来，两辆车头尾相对地搭在一根铁杆上，男孩弯腰把两辆车锁在一起，女孩穿一条七分裤，洋红的无袖衫，很自然地站在一边看男孩干活。见那女孩把头发向上拢一拢，黑发的边际现出一圈白晕，在黑发与晒成巧克力色的皮肤之间显得格外清晰。然后他们一起走到店门前，男孩扶着门，让女孩先进去。一路无话，却有一种自然的默契。

十八九岁时，一定要有一场爱情。不必管它成功与否，那是老天爷的事。

对街的两个人热烈拥抱，好像是久别重逢的恋人。然后他们相拥着远去时，那男人用手抚摸着女人棕红色的头发。而眼前走过的那一对老人，每天都在一起散步，冬天两个人戴一只手套，如今夏天了，当然是手牵着手了。

朱迪老了，七十几岁的年纪，依然美艳地涂着口红，笑眯眯地说："看到人们相爱，我真是高兴。"

我也是。

还有什么比相爱更美丽的呢？

在温暖的阳光灿烂的五月里，看到不同种族、不同年龄的人在爱里，就是天堂。

天堂，一个简单的定义，就是人们用勺子喂别人，而不是喂自己。

冬夜即景

在蒙特利尔，青草几乎可以绿上一年，尽管这里有长达半年的冬天。我很好奇这里的白雪，它好像是一床棉被，就那样安静温暖地覆盖在一片片秋天的青草地上。等到转年三四月份冰雪消融之时，草地裸露出来，草依然是青的。有时可以看到孩子们穿着短袖衫在雪堆上玩耍，而雪堆的下边，青草嫩绿，迎风起舞。

树就没有那么幸运了。有人说树是地球上最接近天堂的，反言之，它的枝杆也远离了土地。秋天过后，树就慢慢地脱去了华丽的衣裳。在干燥温暖的秋日里，落叶很快就铺满了小径。有很短的一段时光，树上的叶子和树下的叶子数量差不多，天地间望一眼，五彩斑斓。风吹来时叶子哗哗作响，就像小儿的摇铃。

坐在秋日的树下仰望太阳，这时的太阳不再像夏日里那么热烈，而是优雅了许多。到四月时，树还是褐色的。有天走在路上捡到一段折过的树枝，上面已经布满圆润而饱满的芽苞了。春天很害羞地躲在里面，短时间内还不想见人。

每天经过房前，都会看到一簇半米高的花，不知道叫什么名字。大花是由许多小花组成的，那细小的花很像丁香。那一簇低矮的灌木，有浅绿和白色的花朵。满满地开了一个夏天之后，在秋风中慢慢地风干，奇怪的是一直没有凋落的迹象，果然也一直没有凋落。冬雪来的时候，就落在那一簇簇细小的花瓣上。冬天越来越深，积雪越来越多，那薄如蝉翼的花瓣却依然不凋零。冬雪在花瓣上积成一个个圆圆的弧，那花瓣就像一个个小碗，小心翼翼地托着白玉一样。有一夜风很大。夜里被风吹醒时，我躺在温暖的房间里，突然想起那些小花，在这狂风大雪交加的夜里，它是不是已经飘零了呢？是不是已经不堪重负地凋落了呢？那么纤细的枝丫，是断然经不住那风雪的。

早上急急地去看，发现它居然还在，没有飘零也没有凋落，依然牢牢地依靠着它的枝干，那么优雅又那么倔强地站在冬天里。

那是让我内心温暖的小花。

冬天是孩子们的天堂。那时儿子还小，我就用滑板拉着他在马路上走。阳光照下来时，我们会想起许多歌，不管是不是有关雪，我们都会合唱。有一次我们唱得很有节奏，树上的雪就落下来，纷纷扬扬。

还有一次，我们住的楼里停了电。停电就意味着断炊。楼上的朋友让我们上去，说他们有火锅的气炉。几家人坐在一起吃火锅，男人们侃刀叉剑戟，女人们聊孩子家常，孩子们在黑夜里玩起捉迷藏。许多年过去，儿子讲起小时候的快乐，总会提到那一次。

在寒冷的冬夜里，我们就那样坐在黑暗里，谈中国，谈加拿大，谈孩子，也谈自己，谈人生的过往和不可知的未来。突然，不知为什么，所有杂乱的交谈在一个瞬间停住，各种声音在冬夜里中断了。每个人都沉默不语。在隐隐约约的火光中我们看不到对方的脸，只有身影在黑暗中端坐着，斜坐着，以各种不同的姿势在黑暗中保持沉默。窗外的白雪在月光下粼粼生波，泛出清冷的浅蓝色。那是一轮满满的圆月。围坐的人们突然产生了“床前明月光”和“海上升明月”的感觉。

今夕何夕。

孩子们在另一个房间的吵闹嘻笑声仿佛走得很远。

后来有个人站起来，说我来一套太极拳吧。

他就行动起来，白鹤亮翅、海底针、玉女穿梭、云手，他在暗淡的背景中身手矫健，好像金庸笔下的某位大侠，而我们，依然安静地坐着欣赏。

我站起来，走到窗前。窗外那两棵树无声地站着，雪却越下越大。鹅毛一样的雪不一会儿就缀满了松针。一阵风吹来，松针上的雪从下向上弹跳了一下，很快就恢复了平静。

异|乡|异|客

坚硬的方块字

刚刚移民到加拿大蒙特利尔时，我在一夜之间进入了只讲英语和法语的社会。在这里，我将用不是母语的语言生活下去。我必须努力学习语言。然而我自幼生活在中国北方单一的语言环境里，我的故乡说普通话，甚至没有方言。我大脑中的外语系统一直沉睡着，好像从来没有被激活过，所以，拉丁语系的语流和语感，对我来说格外难。我的脑海中耸立着一排排构架美丽的方块字，他们地基坚固，结构均匀，保质期很长。他们安静地耸立在那里，无声地藐视那些如蝌蚪般的拉丁文字的存在。当地铁在漆黑的隧道里一站一站地驶过时，我的心也如前方一样茫然。音箱里一个大舌头的法国男人报着站名，我甚至不能把他的发音与站台上的标志相联系——音节不同，连读太重了。

然而我出国就是为了学习和体悟新的文化。如果没有新的生命感悟和文化体验，我为什么要来到一个陌生的国度，而远离我故乡的亲人呢？有一天，我遇到一个大胡子的法国人，他骄傲地对我说：“学习法语吧，它是世界上最美的语言。”

我别无选择，只能对自己说，遗忘你的中文吧，现在你需要新语言。

我学得很艰难。小蝌蚪们开始慢慢地进入我的脑海，于是，我的脑海中出现了印象派风格的画面——一阵潮水涌上来，雾气也升起来了，坚硬的、骄傲的、耸立的、方块字组成的小房子，开始朦胧起来，有的在海水里开始有点东倒西歪了。而拉丁字的小蝌蚪，有些陌生地游进我的脑海。他们有的有点游移，那是我需要多背诵的词汇。有的游得很快，如鱼得水，兴奋地占据了某个空间，那是与我有缘的词汇，比如星星、大海、玫瑰、天空。

最初的时候，两种语言在大脑中相互翻译的时间很长。小房子和小蝌蚪像两个陌生人一样，相互对视，不肯互换，怎么也找不到共同点。我们是同一个意思吗？为什么长相全然不同？而当他们相互对峙、相互揣摩时，我的嘴无声地张大，发不出音来，我不知应该拣选哪个。我目视前方，催促他们尽快换位，因为那时的我，看起来又傻又愚钝。语言是表达思想的工具，如果不能表达，你的脑海中即使开出花朵，你的外表还是一个张着嘴寻找词汇的人。

所以当我听同学说她昨晚做梦，在梦中居然用英语说话时，我很羡慕。我想什么时候我的梦中语言能是英语或者法语呢？那样小蝌蚪就可以是我的语言了。然而在我思乡的梦里，我依然说着我的汉语。有时，也许是因为白天说外语的时候多些，梦里的汉语反而说得比以前更加流畅，语速也愈加快了。这真是欲速则不达。我想到这些，忍不住心灰意冷。

有一天，我走在春天的夜晚里回家，空气潮湿而清冽，就像一壶尘封了一冬天后刚刚开启的老酒。小雨细如牛毛，草色如酥，我虽身心疲惫，却突然忍不住想唱一首歌。于是我开口了。我惊讶地听到一连串的英语，那语言很快很流畅，不是诗，不是歌曲，只是某种内心独白。那些小蝌蚪像一队列兵，装备精良，站得整齐而美丽，音阶高矮不齐，却各有气质。天！我居然会这样流利而充满感情地说着异国的语言！我伸出手，摸一摸自己的鼻子，我的语言和春天的花朵一起来了。

问题出在给家人的长途电话上。有时说话时，突然发现找不到中文词。那地基坚牢的小房子突然之间出现了空缺，就好像排列整齐的牙齿，中间少了一个。小蝌蚪却游进去了，组成了一个不伦不类的洋泾浜。我不想给不懂英语的家人带来困惑，然而语言却常常堂而皇之地走在思维之前，夹杂着英语的中文说得流水一样自然。当我意识到这一点时，我的嘴会仓皇地停顿下来，在脑海中快速搜索那个不知躲到哪里去的小房子。有时我会结结巴巴地说出一个词，意思差不多，却不准确，我知道，那准确的正不知躲在哪里嘲笑着我这个矮鼻子的中国人怎样遗忘着祖宗的文字。

有一天，我坐在桌前读英文时，内心突然有一种空洞，然后是一股冲动。那种冲动强烈而温暖，好像是想找寻故乡熟悉的味道，母亲做的拿手菜，或者是童年时大年三十晚上准备挑着灯笼出游的时刻。那是一种混杂的感情，一种灵魂的饥渴。于是我翻箱倒柜，终于找到了用布包裹着的父亲留下的 1956 年版的半部《红楼梦》。那是出国时母亲给我的礼物。我小心翼翼地打开它，第一眼望见那一排排发黄的方块字时，一股水雾竟弥漫了我的眼睛。黛玉来了，宝钗来了，那些久违的人物载言载笑地出现在我的面前。重新耸立在我面前的小房子们微笑着，坚硬而美丽，就像我梦中的亲人。

现在，我终于在小房子和小蝌蚪之间找到了平衡。我不再只为了生活强迫自己去遗忘什么或获得什么，我总会给自己精神上留一块快乐的空间，看英文累了，就看中文；看中文倦了，再看英文。法文也夹在其间，在脑海中转来转去，带我去看波伏娃，也去看加缪。这种感觉，好像是用不同菜系来满足自己的胃，又好像是穿梭在不同的文化空间。

后来我开始了写作。我的中文写作来自我灵魂的饥渴，那是一种不可抑制的怀念和对生命的安抚。我脑海中的潮水正在缓慢而有序地退却，小蝌蚪们依然游动着，而那些来自生命、来自童年、来自五千年文化的小房子一样的方块字，却越加清晰地出现在晨曦之间。我伸出手来，细细地抚摸着它们的横竖弯钩，如天空、如巨椽，可以写得像怀素，也可以写得如王羲之。我突然发现，它们还是那样构架齐整、排列均匀，并且依然地基坚牢。它们站在那里，昂首挺胸，无声地微笑着，在我生命中组成永远不能遗忘的“有意味的形式”。

如果我能再次看到那个法国大胡子，我想告诉他，对我来说，中文，才是世界上最美丽的语言。你的法语，我的中文，之所以美丽，是因为它们是灵魂的表达，它们带我们回家。

感受这世界美丽的“不同”

对于出国的目的，各人不同，为自我发展、为子女前途、为赚更多的钱，都是目的。然而移居国外多年之后，看到生活在世界不同地方的人的不同人生，成为我移居的最大目的。

昨天我去看了 F1 方程式赛车展。在蒙特利尔的两条小街里展出的赛车固然很漂亮，但在那里穿梭往来的人们，却更让我赏心悦目。各色人种，各有风采，各有特色。黑人最知道什么样的着装让他们与众不同，他们的审美点放在头发的修整上，发式有让你意想不到的独特，比如在头发上印字，或者做出不同的形状。爆炸的弯曲的卷发，或者男人头上棱角分明的立方体。阿拉伯女人永远的头巾和长袍。印度人穿着美丽的沙丽，身上长衫短衫重重叠叠，在防备严密的长裤下，穿着用料经济的凉鞋，露出染着浓丽色彩的脚趾。深色的墨西哥人身材结实，浓眉大眼。走在长街上，相比机械的钢铁赛车，那些有着美丽丰姿的行人，让我更加兴趣盎然。美丽是多么不同。

这个赛车展，已经不仅仅是展出赛车。就像今日在世界任何地方进行的经济活动一样，它成了综合体。除去车展必有的各种服务比如吃的比萨、喝的啤酒外，还有人在推销信用卡、卖纪念衫。有几个穿着和服的女孩子在端着托盘让人品尝绿茶。街角有一些人在兜售印度的修行书籍和CD，他们都穿着印度佛家的衣饰，却都是白人，不知是来自印度北部还是这里的居民。卖书的女孩从鼻梁到额头都涂着金色，这让那张微笑的脸看起来圣洁美丽。所有的颜色和形状都让我愉快，那种跳跃的不断惊喜的不同。

我喜欢这样的不同，这样打破整齐划一的变化的格局。世界上更多的人从小生活在单一的种族和语言环境里，观念和审美取向难免枯燥。如果不走出来，目睹世界的不同，我们的生活就难免坐井观天。而相同种群的集体无意识，也会禁锢我们的思维方式，让我们长期在相同框架和价值观上停滞不前。这是可怕的"近亲结婚"。在很大程度上，相同的价值标准，其实让人们的思想封闭而狭窄。

有的朋友出国很多年了，还是只有一种生活方式和看事物的标准。看黑人，会说他们不好看，而只认为金发碧眼的白人好看。只坚持自己能吃的菜单，一见法国人发酵的带绿色斑点的奶酪，就不能下咽，甚至试一下都拒绝。相比之下，我们的孩子，就开放和自在得多，对很多人和事都表现出包容的态度。

这是个充满"不同"的城市，人们追求和享受这种"不同"。这也是我爱这个城市的原因。

当然，人们也尝试某种方式，让不同种族相互接受。比如，那日本绿茶就像咖啡一样加了牛奶和糖，让原本很东方的味道变得颇像英国红茶。但那只是尝试的一种，因为当我这张东方脸一出现，和服小姐就笑眯眯地递给我一杯未加任何搭配的纯粹的清水绿茶。

这大概就是中国普通话中的“和而不同”与“同而不和”。

语言的特权

在国外生活的第一件事，就是学语言。对移民来说，身处异乡，学语言是一辈子的事。在早期的唐人街，粤语是主流，如果不会粤语，想找个打杂的工作都找不到。即使在我刚来加拿大的十几年前，粤语也是唐人街的官话。还记得有一天在地铁里，对面坐着一个人，看来比我出国的资历长，大概看出我海外生活阅历有限，关心地问："刚来的？"我点头，他便也点头，充满同情。看看我耳上架着小耳塞正在听英语，他说："对呀，在这里一定要过语言关。"那时我正为我的语言犯难，忍不住又频频点头。他语重心长地加了一句："一定要学好广东话。"

我目瞪口呆。加拿大的官方语言是英法双语。按照这位老移民的话，我还要学会粤语，在他认为，粤语甚至重要过英法语。

然而仅仅几年之后，新移民日渐增多，唐人街有更多的大陆人了。有一天去买东西，卖烤鸭的老师傅感叹说："如今一定要学会普通话，不然做生意都不好做了。"

没人会想到移民潮的这几年，唐人街也在改变着。2000年学法语时，老师很惊讶地说："中国还有长得这么高，肤色这样白的人吗？我原以为中国人长得同越南人很相似。"我们只好给他们解释南北方人外貌的差别。大多数西方人对中国的了解有限，不仅因为地理上的遥远，还因为种族和文化相差甚大。他们有一句谚语，用来比喻不可能达到的目的，就是："挖一条地道，到中国去。"

有的人学语言很讨巧，我认识的很多讲法语的人士都说，他们的英语是在街上学会的。有的人学语言很难，这种难就是不留心去学。有一次朋友们在一起聊起学语言，且不说在加拿大，就是在中国，很多北方人在南方生活很多年，就是能听懂了，还是说不出口。还有的人，大学四年，当地话一句不会说，不仅是生活在校园里不必需，听不惯也是原因之一。所谓乡音难改，想必也是这个道理。异乡人，这个称呼，对离开家乡的人都适用，距离的远近，只是五十步和一百步的差异。

所以不管学什么，内在的动力是最重要的。

语言在中国这些年变化很大。从地域上来讲，改革开放前，很多南方人都看不起北方人，因为北方相对贫困，购买力低下，又赶不上时尚和潮流。但现在却不同，北方的发展造就了越来越多的富人，让南方人刮目相看了。我的一个朋友是广东人，来加拿大很久了。今年回广州，到女人街上买东西时看见一个北方人，照她的原话就是"煤老板的原配"，很土很暴发的样子，在街上买东西。那卖家是个年轻男人，不厌其烦地回答她的问题，用一口普通话来迎合女宾。朋友说那在十几年前是不可能的，但现在，经济基础决定了上层建筑，或者说钱使世界转。

中国这十几年经济的发展，不仅在国内一定程度上改变了南方与北方的不平等，还改变了唐人街的语言习惯，这大概是谁也没想到的。

当然，唐人街的老板们也还是认生，虽然为了生意他们学了普通话，然而当我们吃完饭去结账时，很惊讶地发现如果说粤语，就会有百分之十的折扣。我想这样的优惠，大概就是粤语在唐人街现存的仅有的特权。

一曲柔情

四月初的一天，我和朋友去听音乐会。演唱者是从英国来的一个老歌星 Engelbert Humperdinck，名字很长，第一次见，视之为陌生人。朋友介绍说他 79 岁，应该是我们第一次也是最后一次听他的演唱会。他这次在加拿大境内只演三场，在魁北克一场，爆满，在蒙特利尔只有一场。我是替补队员，因为另一个人生病，我才有幸得此一票。

因为没做功课，所以一开场就吓了一跳，怎么这歌似曾相识？越往后听越感动，那些老歌，***Release Me***，***Love Me Tender***，***Love Story***，***The Last Waltz***，纷纷从老歌星的嘴里唱出来，我完全惊呆如石像了。

20 世纪 80 年代中期，我还是大学生时，曾十分钟爱一盘磁带，那里面就有这些老歌。第一次接触到那么优美的歌，一度听得如痴如醉，那些如小船轻轻荡漾的旋律，是银色月光下湖水的碧波，也是我们年轻的心曲。这些歌曲激发了青春多么轻柔而温存的爱的憧憬，让心温柔而甜蜜，让情感纯洁而透明，让注视深情而无邪。那是怎样美丽的翅膀，在晴朗的天空下飞翔的翅膀！我一遍遍听，一遍遍学，忘记了吃饭和睡觉，甚至上课都走了神儿，因为心中脑中都是那优美的旋律。当时一下子理解了孔子在齐国听韶乐，三月不知肉味，“余音绕梁，不绝于缕”，也是那时的真实写照。

那是80年代中国文化的早春。我们迷醉的，不仅是*The Last Waltz*的优美，同时涌入校园的还有尼采、弗洛伊德、萨特、波伏娃，还有熵定律。我们不仅在学校里听各种讲座，还跑到其他大学听各种演讲，我们好像海绵，饥不择食地吸收一切营养，有关文学、艺术、科学等各种领域的崭新的事物。华尔兹是一曲盘桓在求知中的旋律，它是那个时代开放了的中国的象征。

我还记得在夜色中回学校时的激动，记得热烈的争论，记得早春的气息，让人迷醉，也让人思索。

再次听*The Last Waltz*时，我已经大学毕业，在社会上工作了一段时间，不仅工作，还成了家，有了孩子。这正如西谚所说，当第一张账单到达你手，你的自由精神就会变得保守。而当岁月流逝，承担起的责任不仅是社会的，还是家庭的。那时的我，已经没有了在湖水波光中摇曳生辉的心情，心已经不再像大学时那样柔软，每天忙于工作和家事，红尘滚滚，很久没有听过歌曲了，浪漫的华尔兹就此自动退出脑海，成为一种模糊的背景。你还会想起康桥碧波里的情韵吗？你还会想到“放开了，我让我再爱一次”的勇敢和对自由的追求吗？

某日午餐后，同报社里的小姐妹谈论歌曲。刚刚从大学校园里出来的女孩子，那时喜欢唱辛晓琪的《领悟》，我却听都没听过。这对二十几岁的她们来说无疑是超级恐龙，我也惊诧于自己变恐龙的速度如此神奇，心有戚戚焉。于是下班不回家，去买磁带，不仅买了辛晓琪和蔡琴的，还买了 *The Last Waltz*。

晚上，打点完日常琐事，在孩子睡了之后，我静静坐下来，听 *The Last Waltz*。那是个春雨蒙蒙的夜晚，我半开着窗，让春雨细密的潮湿打在窗帘上。空气中充满清新的气息，仿佛在湖边行走。丈夫不在家，我一个人，好像回到了青春年少的时光，美丽缠绵缱绻的时光。一夜华尔兹，让我在俗世中找到快乐和向往。心，在湖水中重新浸润过，我想，喔，我还不太老，还有这样的激情。

Engelbert Humperdinck 的演唱会到高潮时，许多歌迷抱着玫瑰花在台前仰视他，等待给他献花的机会。他们伸着长长的手臂，好像丛林，在灯光中摇摆，等待与偶像相触的刹那。坐在我后面的德国朋友莱斯莉悄悄地说："我要去握他的手。"于是转身消失在黑暗中。而那时的我，却正在毫不羞怯地哭泣，眼泪像潮水一样，一糊就是一脸。那种欢畅而美妙的歌曲带给我的，不仅有情绪的感动，更有一种感伤。

怎么回事？青春就在一撒手的时间里，空空如也，踪影皆无了吗？

那场音乐会的观众大多是白发老人，我坐在他们中间，算是年轻的，当然我也已经进入了灰色时期。他们怀念他们的青春时代，而我怀念我的。我在中国的 80 年代，他们在北美的五六十年代，虽然我们的青春相差 20 年，但终于，我们在 Engelbert Humperdinck 的歌声中，相遇了。

我以为我早已忘记的事情，其实所有的一切都在，有一天，当你与 *The Last Waltz* 重逢，就像与青春重逢一样，能唤醒许多美妙与甜美。

与任何美好的事物相遇，永远都不会太晚。然而，我还是怀着感伤，再次擦干眼泪。那美妙的青春时光一去不返，那温柔的月光下的湖水，你还能在我的心怀里荡漾吗？

纸箱上的蝴蝶兰

去老港是在一个五月的黄昏。我还记得那个纸箱。我第一眼就看到那束黄绿相间的花朵，花儿被系在一个纸箱外边，而纸箱被绑在自行车的后座上。很老旧的一辆自行车，倚着石头墙安静地闲置着。

来往的人很多，各种肤色、各种年龄。很多人手里擎着一只冰淇淋，阳光很好，有些人的脸庞就被晒成龙虾色，但他们却很开心，激动地走来走去。不远处一个细瘦的年轻人在演奏大提琴，旁边一个年轻人在吹奏长笛，我们站在长笛手对面，他身后是联邦大楼。夜将近不近，大楼上的灯光却亮了，照得大楼有透明的光感。我斜坐在长椅上，一边听长笛，一边用眼睛瞄着那个自行车上挂着鲜花的牛奶箱。许多人走过它身边，人人手里都拿着手机或者照相机，人们在照那伟人的雕塑和闪着灯光的大楼。街角有熙熙攘攘的食客、活泼的孩子和各种卖艺人。一个天堂一样的黄昏，每个人都要留影纪念。然而，没有人注意到那个老旧的自行车，那后车座上的纸箱和那束蝴蝶兰。

不远处，一个戴黑围巾的老女人在翻垃圾桶里的东西，她的身影很瘦小，让这个快乐的夜晚突然有一点儿悲哀的不和谐。然而人们并没有注意这些。红男绿女，美丽的孩子，老港的今天很繁忙。熬过漫长的冬季，蒙特利尔人用积攒了一冬的热情和焰火一样喷发的状态，去爱这短暂的夏天。

“我们终于等来了夏天，”身边的男人轻快地对他的女伴说，“或者下次我们去那个牛排餐馆，看起来很不错。”

我也看到了那个餐馆，这时我才注意到，自行车就靠在餐馆的侧门边。

鲜花还那样系在纸箱上，刚刚开放的蝴蝶兰，用一段麻绳系在纸箱上。我不知它的主人是怎么想的。他没把花放在纸箱里，说明他留着箱子还有别的用途，也许装一些食物。我想，这或者是一个浪漫的小伙子给他情人的礼物。

黄昏慢慢地漫过河水，风一吹动，水面就漾起层层涟漪，细细碎碎的波光，好像跳舞一样。圣劳伦河一向沉稳安静，有大家闺秀的风度和气质，水静流深。天蓝得出奇，在塔楼的顶尖上，一弯新月，三两颗星，构成一幅别致的画面。蒙特利尔是自然美之都。身边有人在叫他们的孩子，那个孩子率性地躺在草地上，翘起的腿好像要够星星一样，努力再努力地向上。

长笛手收了他的摊子，大提琴手接着表演。细瘦的长发男孩，白色的衬衫好像挂在他身上一样。“这是我最后一晚，明天我就离开了。我要去布拉格。”他说。

我喜欢大提琴的深情，我听到了离别的味道，缠绵难舍的情感，离乡人的情感。

我望着那纸箱上的蝴蝶兰，放在老旧的自行车后座上的纸箱。它的主人到底是什么样的人呢？他听到这离别的笙箫了吗？

同伴已经开始准备离开了，大提琴手问：“你不能在这里等一个夜晚？”长笛手说：“明天还要上班。”

我站起身。有些人和有些事，遇见和遇不见，都是缘分。

我又看到那个贫穷的老女人，她正拎着装了几个可乐罐的塑料袋，走在那个老旧的自行车旁。

这时，一个老人从餐馆侧门走出来，他看起来很疲惫，两个肩膀都塌下去一样，头发几乎全白了。他系着一个侍者的黑围裙，站在那里小憩。这时，他看到了那个老女人，老人把纸箱上的蝴蝶兰拿下来，双手捧着递给那腰身已经佝偻的捡破烂的女人。

夜色暗淡，所有事物快速划过，化成一片模糊的颜色。我看不清老女人的脸。然而有什么东西从我眼中流出来，我慢慢地伸出手擦一擦，天并没有下雨。

勇　气

我在泊车场看到一辆车突然停下，下来一个 50 多岁的女士，她径直走到一辆黑色吉普车前。“请原谅。”她对着已经关闭的车窗说，那车窗没有反应。“请原谅。”她在车窗前反复道。车窗摇下来，我看到里面坐着四个歪戴着帽子，挂着粗大的金链，嘴角叼着香烟，膀阔腰圆，充满野味的黑人青年。坐在驾驶上的那位问：“怎么了？”那女士说：“我想，你们掉了些东西。”我看到一团纸巾在车窗外不远处的地上。“你们掉了些东西。”女士坚持说。那四个青年相互看看，终于，有人打开车门，不情愿地走出来，弯腰捡起那团纸巾。

女士转身走了。我在五米之外，向她行注目礼，我的眼神里充满敬佩。

我敬佩这样的精神，她把这片土地看成自己的家，对这里的一丝一缕，一草一木都心怀关注。我敬佩她的勇气，不管对方与自己是怎样的对比，多寡强弱，都不惧怕，敢于坚持真理。

这是我第二次看到一个年老的女士做这样有勇气的事。第一次，是我来加拿大不久，在一辆公车上，一个年龄40开外的粗壮男子，喝光酒瓶中的酒之后，用酒瓶砸车窗。车上有母亲和儿童，有青年，开始时没人阻止他。后来，我听到一个不大但很坚定的声音说："别做傻事，不要做这样的事。"我回过头，见一个年近70的女士，弯着腰拄着拐杖，走到那醉酒人的身边，一双蓝眼睛直视着他，目光坚定安详，不容辩解。那一刻车里很静，我的心为她悬起来。奇怪的是，面对这样一位年老瘦小的女士，那醉酒人居然垂下头来，停止了他粗暴危险的动作。

这一幕让我很震撼。我问自己，在她那弱小的身体里，是什么在闪闪发光？

是勇气，是勇气的力量。这力量不是身高九尺、膀阔腰圆，不是声高八度、声嘶力竭，而是站在勇敢后面的明确的道德观、清晰的价值观、坚定的信念和不畏强权的精神。

这让我想起马丁·路德·金曾说过的，他说："历史将会记录，在社会转型期，最大的悲哀不是坏人的嚣张，而是好人的过度沉默。"

也许有人说，夸张了吧？只是一张纸巾、一个酒瓶的事情。

不，一点没夸张。如果每个人都扔一张纸巾，我们就会被垃圾淹没；如果每个人看见醉酒人砸车窗不管，有一天就会有人在光天化日之下犯罪，而围观的人噤若寒蝉或熟视无睹。而这，将是一个民族道德衰落的开始，社会走向混乱的开始。

第一个年老的女士，让我开始思考"勇气"是什么。它绝不只是一个概念，它还有支撑这个行动的思想，就是内在的力量。

第二个女士让我懂得，当我们感叹空气如此透明，草地如此碧绿时，想一想，为什么这片土地是如此清洁美丽。

番茄酱的另一种功能

昨夜夜深时突然被一阵刺鼻的臭味熏醒，丈夫一跃而起，只说一句不好，手疾眼快已经将窗拉下。这样的速度却没起作用，臭味依然在房间里弥漫，连睡着了叫都叫不醒的儿子都醒了，口里叫着，好臭好臭。

各位已经知道那是什么了。那就是我们这个城市的另外一个主人，臭鼬的杰作。

臭鼬的气味，是它强有力的武器。我的一个朋友，有一日开车在梅宗讷福街上走时，看到一个小动物钻到一个麦当劳的大号咖啡杯里，摇头晃脑地出不来。朋友刚从中国来蒙特利尔不久，看到小动物急得上蹿下跳，急忙下车来给它拿下咖啡杯。没想到一股气味迎面而来，朋友几乎晕倒。一身臭气到家门口，不敢进去，就在外面脱衣服。脱了上衣脱裤子，几层衣服都是臭的。最后脱得只有内衣内裤了，还是臭不可闻。见来来往往的人都用狐疑的眼神看他，就是男人也怕走光，才一身臭气进了家门。第二天掏出钱包付钱时，居然钱包也是臭的。

后来在一个动物纪录片里看到一段情节，一棵树倒在山涧之中，一个臭鼬正在树上通过，一只凶恶的野狼尾随其后。当野狼将要靠近时，臭鼬身体的某个构造动了一下，那只霸气十足、不可一世的野狼，居然落荒而逃，一不小心掉下山涧，呜呼哀哉。

一个小小的臭鼬，一只凶恶的野狼，这样的对比，是不是有点心惊胆颤？

臭鼬在这个城市里无处不在。它们穿着黑白条纹的外衣，三三两两横过马路，旁若无人。有时还会住进人家的后院。人们也不敢招惹它们，只好实行怀柔政策，用一些好吃的食物，把它们引出来，慢慢地引出自己的领地。有时我想，这座城市在臭鼬们的眼里是什么呢？是一座森林，还是一座花园？抑或是一个家园吧！因为它们真的可以最大限度地随心所欲。

有人说，一个民族对待动物的态度，最能反映他们的道德水平。当我们同这个城市的各种动物分享春夏秋冬与湖光山色时，没理由抱怨臭鼬的杰作。

我的朋友捏着鼻子，把洗了几遍还是有臭味的衣服扔进了垃圾箱，然而印在脑海里的气味却不能忘记。气味可以记忆，他说，尤其是臭气。他发誓以后见到臭鼬立即逃窜，不管它头上挂的是咖啡杯还是皇冠。

上班时忍不住对同事说他与臭鼬的遭遇，那魁北克人就笑，说："下班回家去把衣服捡回来，什么洗衣粉都没用，就用番茄酱，一洗就好。"

我的朋友目瞪口呆，生活无处没秘密，你同臭鼬共同生活在这个美丽的城市，就要学会如何对付它们。认识番茄酱这么多年，不知它除了调味料之外，还有这样的功效。

学而无涯。

语言就是家乡

母亲节儿子请我吃饭，回来时坐公车，听见一个黑人在打电话，语言听起来很怪，我就问儿子："他说的是法语吗？"儿子还没回答，就听他说话，那声音像极了中文："不是法语。"我因为根本没想到他在回答我，更没想到他会中文，还说："怪哉，他的发音怎么那么像中文的'不是法语'？"当他又说"不是法语"的时候，我终于恍然大悟，他说的的确是中文。

老天！你能想到我的嘴怎么能合得上，猫说人话了。

这时他继续他的电话，他用中文说："是的，这里有几个中国人。"然后一转，用法语说，"我在公车上。"

听他说完电话，我说："你中文说得真好，一点没有腔调的问题。"他说："真的吗？谢谢你啊。"非常柔软的舌音。我说："你会说广东话吗？"他说会一点，就说了几句，像电视台换台一样自然、地道。

重要的是，他说任何一种语言，都不用思考，语言像水一样从他的嘴里流出。看他说话，真的很享受，也很惊诧。

然后我们开始设想他刚才交流的对象，那个人也是起码会三种语言——他们说的家乡话、法语、中文。

回家讲给老公听，他说踢足球时也遇见过，见来了一黑哥们儿，有人就问别人说："那黑哥们儿是哪伙儿的？"黑哥们儿回答很流利："我跟你一伙儿。"球友们立刻对他有了尊敬和亲切。语言是力量，它让我们对掌握它的人心存折服。语言也是桥梁，能用同一种语言交流，我们就立刻亲热起来了。

还有一次在车上，遇到一个传教士，他问老公："你是中国人吗？"老公说是，他又问："府上哪里？"老公当时真有点晕，这是哪个书上的语言？但还是说："哈尔滨。"他说哈尔滨是哪里，他不知道。旁边一个白人却开了腔，说他知道，是黑龙江省。那感觉，就好像中文抢答比赛。老公听得眼都直了，倍受打击，回来时一路无话，到家后发愤学法语。又想起认识的一个白人，第一次见面他就用流利的中文对我说："我是中国人。"我当时有点糊涂，我说："你是中国人，那我是哪的人？"他就笑，原来他在北京工作过九年。

我对这样的人们崇拜至极，一想到我在魁北克生活十几年，法语还是一塌糊涂，居然还不会广东话，就忍不住汗颜。

语言，是如此一种奇妙的东西，无形却力量非凡。它让人们相互了解，当不同族裔不同肤色的人说同一种语言时，他们的关系贴近了，一种无形的力量让他们由陌路到知己。

语言，当它让人们相互了解时，微笑那么自然地浮上嘴角，而人类的微笑是那么相同，给人快乐。

因为，语言就是家乡。

闲话万圣节

万圣节又叫鬼节。北美的鬼节不同于中国的清明节，不是“清明时节雨纷纷，路上行人欲断魂”，而是充满喜剧色彩。曲解万圣节的故事，身边有两例。

一例是我刚到蒙特利尔打工时的老板，越南华侨，他能说英、法、越、柬、广东话、普通话六种语言，休息的时候，喜欢同我们这些大陆来的新移民聊天。虽然发音有些古怪，但沟通还没有问题。有一天他讲起他初抵加拿大，正是十月最后一天，一下飞机就吓了一跳，心想这里的人怎么这样，人人画着脸谱，穿着戏装，房子都像鬼屋子。他一时不知所措，心想入乡随俗吧，第二天也打扮得古里古怪的出门。在门口遇见房东，把房东吓了一跳，慢慢地解释，才知道前一天是万圣节。

还有一例是讲 20 世纪 80 年代初的一个留学生，也是万圣节下的飞机。在机场等了半天，朋友没来，他只好跑去问一个老太，朋友的地址怎样去。老太很热情，说跟她走吧，到她家住一夜，明天一早她就给他的朋友打电话，让朋友来接他。留学生没有其他选择，就跟老太到了她家。吃过饭正在客厅里休息，忽听门外熙熙攘攘很是热闹。于是跑到门口一看，小丑、仙女、鬼怪，无奇不有，口里还喊着："Trick or treat！"留学生倒不怕，反而兴趣盎然地对老太说："哇，原来你们的夜晚是这样的！"倒是老太吓了一跳，连声解释说："不是不是，我们一年也只有一次，今天是万圣节。"

可见万圣节是一个热闹的节日。

关于万圣节的来源有许多故事。流传较广的是讲古代有一个女巫，人们说她是一个女妖，可是她不承认。人们就说，那就把她扔到山涧里吧，如果她死了，她就是女人；如果她不死，她就是女妖。扔下去后，她居然跳了上来——她果然就是女妖。女妖因此与人结仇，并扬言要报复人类。人们很害怕，就在房里摆上糖果，等着女妖来时招待她。女妖于是说："谁给我糖果，我就放过谁，谁不给我糖果，我就惩罚谁。"这就是"trick or treat"（招待还是惩罚）的来源。到今天，演化成孩子们扮成女妖等，沿街要糖的风俗。

每到十月的最后一天，夜幕降临，孩子们就三三两两地出发了。他们头戴面具，身着戏装，有扮吸血鬼的，有扮骷髅的，有扮仙女的，有扮巫婆的，有血流满面的，有假牙狰狞的，无奇不有。他们手拎大布口袋或南瓜桶，开始挨门挨户去要糖。每一家也扮得鬼气森森，用蜘蛛网和南瓜灯装饰了，门前坐着化了装的鬼神和巫婆，给孩子们发糖。

刚来那年，我儿子盼万圣节盼了两个月，终于来到那天，我们早早就出发了。装扮过的房子一改白天的样子，都变得鬼气阴森。有的在挂满蜘蛛网骷髅头之外，还在院子里埋了棺材，立了墓碑，还有点上烟火的，当然还要配上恐怖音乐，屋内的灯光忽明忽暗，极尽戏剧之能事。有一家远远望去十分恐怖，我们不知内有什么机关，正提心吊胆，没想到开门的是儿子的老师，师生相见，十分开心。

我因此想到中外对鬼神的看法相去甚远。中国人怕鬼，于是钟馗打鬼就成为勇气的象征。外国人调侃鬼，越恐怖越好玩，让孩子们从小就同鬼神打交道。中国人审美，绝不把骷髅摆在家里，嫌瘆得慌，更不会让孩子们画鬼脸，扮吸血鬼。外国人审丑，追求怪诞，讲酷。由此可见，中西性格差异不是甚少，而是太多，所以若讲文化相融，也难。

情人节和春天的婚礼

2 月 14 日是情人节。在改革开放前，中国人是不过情人节的，风靡开来也就是近十年的事。在中国，有人说情人节是灰色的节日，更有叫捉奸节的，因为情人这个词，在中国就是婚外的产物。这可以说是西方文化到东方或中国的变异。事实上，在西方，情人节是一个正式和浪漫的节日。

对热恋的人来说，情人节是求婚的日子。在每年情人节的当天，电视台有一些专题报道，去门采访一些男女，追踪他们的求婚活动。整体上说，西方人对婚姻的态度是严肃和保守的。有人说东西方的不同是西方婚前浪漫婚后严肃，东方则相反，这也导致情人节的定义不同。求婚的场面古典而感人。男人单腿跪地，双手捧戒指，话说得像台词一样，诸如我想娶你为妻，与你共度余生，白头到老之类。然后是女孩站起来，眼含热泪，与爱人热烈拥抱，周围人深为感动，热烈鼓掌。然后双方讨论婚礼事宜。一般来说，他们会把婚礼定在春天，称为“春天的婚礼”。从情人节到婚礼，时间间隔两三个月，不长不短，是恰当的准备时间。

对已婚的夫妇来说，情人节是浪漫的纪念日。今年的情人节，我就见我的邻居约翰一大早顶风冒雪捧了一大把玫瑰回来。老约翰今年八十多，是个矮个子的意大利人，他的老太太倒长得高高的，长一个显眼的鹰钩鼻子。平时也不见他们恩爱，这一天倒是出人意料地浪漫。后楼的大卫是搬运工，永远是肮脏的工作服，这天却西服革履，穿得跟企鹅似的，还系着白色的领结。大卫长得身材高大，肩宽体壮，站在风中腰板挺直。一辆超长林肯悄然驶来，大卫携上他那200磅的胖太太，烛光晚宴去了。见了我没二话，只是兴奋着一张脸，反复地说："今天是重要的一天。"

当然也有穷学生表达爱情的浪漫和诗意。我就亲见那眉清目秀的男孩翻遍所有的衣兜，用仅有的一块钱买了一支玫瑰。当天《大公报》的名言栏目上写着："当你有两块钱，一块买面包，一块买玫瑰花。"

事实上，更多的人已经把情人节看成一个泛爱节。在情人节当天，到处是派对。十岁的儿子戴着假面放学回来，吃得饱饱的小肚子挺着。我问他干吗了，他说情人节派对，老师带她的男朋友帮他们布置教室，然后他郑重地从书包里掏出自己做的贺卡，上面写着：我爱你，妈妈。这一天，我还收到朋友和同学送的巧克力和玫瑰花。反而是自己的老公，忸怩着不肯去买花。

情人节这天，也有许多人在报纸上登一段话，表达关心、感谢、爱意。爱琳是个牙买加人，她的二女儿患白血病去世时只有十八岁。每年情人节她都会在报纸上纪念女儿，然后买许多报纸送给路人。今年我也得到一份，上面是一个漂亮的黑女孩，上写：你永远是我美丽的女儿，我们会在天堂相见。

我已经在加拿大过了三个情人节，每个情人节都好像是一个大聚会。富人会有夏威夷假期，穷人也有巧克力和玫瑰花。这是朋友、情侣、夫妻、同事之间表达感谢的好日子，我想，在我的祖国，情人节也将成为这样的日子。

印第安人的夏天

第一次听说这个词时，就感觉很美。

在加拿大的秋天里，大概是在十月或者十一月之间，有一周左右的时间，气温在凉爽中突然回升，直接达到夏天的温度。当地人把这个小季节称为“印第安人的夏天”。

这是秋天里的夏天，阳光明媚，秋阳似火，来来往往的人们迫不急待地把刚收好的夏衣翻出来，再穿上身。清澈无垠的天空下，铺满落叶的大地上，处处有一种喜洋洋的气氛，那是秋天的盛宴，好像空气里都溢出葡萄酒的浓郁芬芳。

在这样的阳光照耀下，树叶很快就干燥得会唱歌了。走在路上，有时会有一种冲动，专拣落叶多的地方走，听脚下落叶沙沙的响声，那是落叶在秋阳下快乐地歌唱。

那种干燥而温暖的心情，浓重的秋天的味道，让人想起青春沉醉的夜晚和回味中爱情的气息。

我喜欢坐在即将落尽树叶的树下，看树上的树叶随着清风慢慢落下，好像电影里的慢镜头，又好像滴不尽的杏花雨。一个金发女人牵着小黄狗走过我身边，笑眯眯地问：“你享受这印第安人的夏天？”

“是啊，真是享受啊。”我发自内心地赞叹说。

坐在这里，脑子里就会浮现出那样一幅画面：印第安男人在平原上建造过冬的房子，女人在缝制过冬的衣服，孩子们嬉笑玩耍，在广袤无垠的大地上，无拘无束。印第安那些美丽的生灵，藉着大自然的福祉，正在准备进入另一轮的岁月。

在这即将走入寒冷冬天的季节里，没有人哭泣，也没有人抱怨，没有人失望，也没有人愤怒。所有的一切都是顺天应物，却怀着满满的希望——白雪飘飘的冬天来了，孩子们又长大一岁，接下来，是又一个希望的年轮。

这也是叶子的第二个生命的开始。叶子在经历了茂密的青春之后，从树上轻盈而下。这是树叶一生中唯一的一次飞翔，飞翔之后，它们会在秋雨中化作泥土，来滋润明年的春花。

是不是可以说，这是夏天最后的谢幕，是天与地最美的交融?

在这个印第安的夏天里，没有“秋风秋雨愁煞人”，只有“我言秋日胜春朝”。刘禹锡的“晴天一鹤白云上，便引诗情到碧霄”，是不是就是在这样的秋日里吟咏而出的呢？我想一定是的。

美好的事物和情感，不论古今中外，都是一样的。

我不知道是谁在落叶缤纷的季节里命名了这样一个名字，但我想，他一定是一个浪漫诗人。

坐在树下，沐浴阳光，听落叶无声，看秋去无形，感宇宙之嬗变，身体好像也变成天地的一部分，能挟风而起，也能殒落无息。那是春秋代序的自然，任何一个季节，都有它不可替代的美丽，重要的，是我们的内心，有没有与之共呼吸的能力。

坐在树下，我的心里装满和印第安人一样的喜悦和快乐。因为我知道，在这样的快乐里，天地与人同沉醉，夕阳与人共从容。

谁是那走夜路的女人

一

从早晨就是淅沥沥的小雨，五月末的蒙特利尔温度竟只有零上 7 度。这与前两日 28 度阳光明媚的夏日风光形成鲜明对比。小尹来电话说，你来小镇上吧。我就开车上路，雨刷不停地刷着窗上的雨水。香槟桥没有往日因施工引起的塞车，路两边的绿树在雨中生机盎然。圣劳伦河水在灰蒙蒙的天空中看起来也灰蒙蒙的，然而风来时，翻卷的浪花还是会变化出闪亮的颜色，好像有银鱼在水中翻飞。

来到小尹在南岸的家时，她正在做饭。“来，喝口热面汤。”她一边说，一边手忙脚乱着。锅里是翻开的热水，手下是正在切成细丝的红甜椒和白土豆。我说已经吃过了。小尹五岁的女儿看见我，停止了剥糖纸的动作，歪着头说：“阿姨，我见过你。”我笑说：“是的，但是在什么时候呢？”小女孩说：“就是在前几天，你家有一个毛绒绒的东西，你说那是猫。”我弯腰摸摸她整齐的黑刘海，说：“是的，宝宝记得真对。”我回头看小尹，小尹正看着我，我便点点头说：“交流很好呀。”小尹的眼睛里突然涌上一层亮亮的泪光。

热汤开锅了，小尹一边把面条倒到热汤里，一边叫着儿子：“威威，妈妈要出门了，你来照看妹妹，好吗？”小尹18岁的儿子走出来，细瘦的个子，穿着宽大的衣服。小尹把热汤面挑进两个饭盒，满满的红黄白的汤面，很让人垂涎欲滴。我说不着急，让她先吃了饭再走。小尹说路上还有三四个小时，她要拿着饭到酒吧里和建平一起吃。她这样说时，已经手快脚快地穿好外衣，蹬上走步鞋。女儿却大叫起来，不肯让妈妈走。小尹弯下身安抚说：“好女儿，妈妈一会儿就回来，你在家里看《小白兔和笑眯眯》好不好？”女儿弯着小脖子，唱歌一样说：“《小白兔和笑眯眯》？好呀。”小尹重又进了客厅，对我说：“请等等，我要把频道调出来，威威不认识中文字。”

我们一路向西，出了城市，上了高速。开始时路边还有建筑，很快建筑就没有了。车子开得很快，达到140迈。小尹一边指点着上口与出口，一边向我陈述着这几天的情况。“从周一到周三营业额都是1700块，周四好一些，2000块。”她语速很快地说，圆圆的脸上因为刚刚的忙碌还满是潮红。“客人都挺好的，听说很多人驾船到河上玩，所以买酒的人很多。这个店还有一个特点是顾客中老人很多，买起烟来都是两盒三盒，都是好顾客。”她一边说，一边用手抱紧装满汤面的饭盒。车子有点摇晃，旷野里的风大起来。“只是不知道冬天生意会怎样。店主有点遗憾，说这周天气不好，生意清淡，还问我们下周要不要也来看看，天气预报说下周阳光灿烂了。”她继续说。

中途我们迷了一次路，晚下了一个出口。还好已经进了小镇，小镇名字叫 STAINJULY。拐到一个理发店时，小尹下车问路，我就在车里等待，电台里放着席琳·迪翁的歌《蝴蝶》。

在魁北克的法语频道里，几乎每天都能听到席琳·迪翁的歌声。这位从这块土地上走向世界的歌后，是魁北克小镇人民的骄傲。我在当地一家杂志上看过她成名前的旧照，那是个再平常不过的女孩，与如今成名的她判若两人。人们感慨她的巨变时，当然把一切归于天分和金钱，很少有人谈到她的勇气和毅力。其实所有的事情，如果缺乏了坚持，就不会有成功的一天。

小尹很快回来了，身后还有追出来反复叮咛的白发老人。我从车窗里看到小尹频频点头称谢。“我们向教堂走，再拐个弯就是了。”她说。

我们到达一排红砖房前，外边有一大半围着藩篱，上面挂着酒吧的名字。白色太阳伞下的桌椅都空着，在雨中落寞而安静。从里面走出一个高个子的金发人，站在雨中打电话。小尹和我走进去，建平从里间迎出来。他正在吃饭，同他一起的还有厨师和厨娘。“一起吃吧。”广东口音的厨娘热情地邀请说。前面的老虎机上有三个人在赌，穿着短裙的吧妹端过来一扎啤酒和几个杯子，摆在忙得不抬头的赌徒旁边。

“房东就是要把这部分截下来，租给别人。”小尹比画着对我说。今年小尹的酒吧房租到期，本来以为没有问题会继续续约，没想到房东告诉小尹和建平不再签约了。不再签约，就意味着酒吧关门，他们的投资血本无归，那是他们从中国移民到魁北克辛苦十年攒下的所有家当。“我们当时都疯了！”小尹说，

“我们反复地要求，房东的回答就是一个字：NO！”

还好房东终于改了主意。现在他们要把小尹的酒吧切一部分租给别人。剩下的一部分则要装修，而且装修的水平要达到房东的要求。小尹没有这笔钱，但是这样的条件，已经比酒吧关门好很多。小尹说能怎么样呢，唯一的办法就是再去挣钱。于是，他们想到租一个杂货店，用这个收入来补酒吧的亏空。

开杂货店，是20世纪80年代魁北克留学生走出来的道路。魁北克与加拿大其他省份不同，它是一个法语省份，居民多为法国后裔。法兰西民族热情豪放，喜欢享乐，生活方式是把每一分钱用于当天。在蒙特利尔，几乎每隔两三条街道就有一个小店，法国人叫它DEPANNEUR，近年来青年人精简词汇，就简称它们叫DEP。在安大略和其他很多省份，酒是专卖品，必须到专卖店才能买到。而在魁北克，酒只是DEP中与生活用品和烟糖牛奶咖啡一样的买卖品。有这样的顾客群，这样的多品种经营，DEP的赢利就相对可观。但同时，每天15小时，每周工作七天，漫长的工作时间和身体的消耗，缺少家庭团聚时间，也是DEP工作致命的弱点。

当然，也可以请人帮忙，自己休息。但新移民很少有人这样做。第一代移民肩负得太多，安居的需要、孩子的教育，我们从遥远的彼岸来，想要在这片新大陆上安稳下来，就要付出超人的努力，别人几代人的积累，新移民一代完成。

许多人开了几年店，有了积蓄就想改变长时间的劳累了。做酒吧，工作时间短很多，因为酒吧要请人做吧台。新移民很少有英、法语流利，在文化上又能融入当地文化的。小尹和建平卖了店，买了酒吧，小尹专心在家里照顾女儿。从自雇到雇人，这是新移民的一个台阶。

本来生活是向上走了。小尹在加拿大的生活，在长期奋斗之后，好像进入了一个稳定阶段。酒吧由建平照料，能早点回家，不必在每天都在午夜返家，一身疲惫与酸痛。

然而生活跟小尹开了玩笑。生意有风险，做事需谨慎。原来小尹并没想到这些，她以为踏踏实实地做事情就好。但有些事，不在你的掌握之中。

小尹还不知道房东要截多大面积给别的租客，目前的状况就是等待。就好像案板上的肉一样，等着别人掂量，切多大，切什么样，都是听天由命。切完的酒吧怎样运行，还能不能保住厨房，冰库要不要重建——小尹说这些都是小问题了，大的问题是酒吧保住，还能给她留一点喘息的机会。

酒吧里的一桌客人边喝酒边笑，有人唱起歌来，法兰西是快乐的民族。雨还在下，看来今天注定不会风停雨住。

我们的下一站，是距此再开一小时的另一个小镇STAINTRECY。

二

这次是建平开车，他的车速更快，有好几次，我感到车子的飘浮。“日本车不抓底，轻飘。”建平辩解说。这是出了蒙特利尔之后的第二大小镇，以建平的车速，也要再开上一小时。车窗外是一片片农田，一眼望不到边。小尹上车后开始吃饭，打开饭盒后，车里全都是浓郁的香味。小尹一边吃，一边向建平汇报家里的事情，老大在看妹妹，不知妹妹会不会哭闹。我注意到小尹吃饭时十分安稳，我说：“你真行，饭都到车上吃了。”小尹说：“忙不开时就这样，经常的事。”吃完了，小尹把饭盒收好，又开始介绍小店的情况。她说老板去年回国，娶了一个80后，80后不会英语，也不会法语，在店里待了一段时间，憋闷得很。老板想卖店，就是这个原因，80后说总得去学学法语学学车，看看蒙特利尔，过过新移民的生活。

车子泊在一间低矮的平房前，门边挂着DEP的名字。进去见老板正在卖东西，是个40岁上下的东北人。老板娘迎出来，脸上有一种少见阳光的苍白。小尹说：“今天生意怎么样？”老板说：“还好，虽然天气不好，但电影出租得好，大家都在家里看电影了。”

老板说这个店的杂志和报纸卖得也好，小镇人有文化要求。

这同蒙特利尔不一样。如今杂志和报纸这样的纸媒，在岛上基本消失了，就连出租影碟的店铺也一个接一个地倒闭。互联网多大的力量，谁还看纸媒、租影碟？

老板说这个小镇不同，这个小镇上老人多，老人还是按老规矩生活。

店铺是前店后居，在柜台进去，是一个房间，长沙发的上方挂着店面的监视器，还有两台电脑。80后说：“没人来时，我们就一人一台电脑看。有时我俩就都坐在沙发上，他在那头，我在这头。”

窗外是阴阴的天空，绿草地的几米之外就是一条小河，我说这里的景色真好，80后叹了口气，说：“多闷人哪。”声音里满是抑郁。房间里只有一盏灯，一个阿拉伯风格的木雕灯座上突兀地插上一个灯泡，大概度数不高，昏黄而暗淡，没有灯罩，看上去有些凄惶。沙发的一角上堆着一个草莓娃娃，极鲜红的草莓和极绿的叶子，在幽暗的房间中显出虚妄。80后穿一身浅灰色的宽松家居服，上衣的两个兜绣着两个小熊猫。她说：“天又下雨了，我心里挺难受的，这里的夏天也太冷了。”

我说：“过几天就好了，太阳一出来，魁北克特别美丽。”80后就渴望地看着我，好像我能给她带来太阳。老板就说：“她刚来半年，只看到魁北克的冬天，还没看见夏天。”80后哀怨地看了丈夫一眼，说：“哪儿也没见过，出一次门，就是去上货，窗外的景物嗖一下就过去了。前几天我在门前照两张相，给国内的同事发过去，她们还兴奋，说你老公带你上哪玩去了？”说时瞟一下丈夫，眼角眉梢都是幽怨。老板忙说：“委屈你了。”

建平的电话响起来，是威威问怎样能调出妹妹要看的动画片。建平说：“就在妈妈装好的盘里，你要仔细地看。”他指导儿子，“‘蹦蹦跳跳’是前两个字一个样，后两个字一个样。”建平边走边说，怕影响大家说话，踱步到另一间房里去。

小尹的脸上出现了焦虑。她看着我说：“我有点担心，我还从没让威威照看妹妹这么长时间。”

我明白小尹的苦恼。小尹的一双儿女都是自闭症，那是小尹心中永远的疼痛。

建平和小尹是大学同学，来加拿大15年了。来时儿子四岁，开始还会点中文，现在什么也不会了，连字也不认。女儿刚开始学中文，小尹想让她会得多一点。如果来小镇，女儿的中文要中断，小尹真不想这样，但不这样，她也没别的选择。生活是一道难解的题，没人能解出答案。

正说着，门铃一响，老板就走出去，却传来中文的对话声。

80后看看监视器，说："她就是这镇上唯一一个中国人，她是嫁老外的。"过一会儿，老板和一个高个子女人走进来，介绍说："这是吉娜。吉娜来自鞍山，小镇上没有其他中国人，她就常来这里，说说中国话，有时也来帮忙。""我就喜欢收钱，不是我的也高兴。"她笑笑说。她肤白眼大，唇红齿白，眼中有一股亮光，同80后的苍白相比，尤能看出她的精气神儿。她说："我现在在学西班牙舞，真是锻炼身体，跳过20分钟，衣服就湿透了。有时我工作完回家，脑子还在工作里出不来，去跳完就好多了。现在跟我老公说话是和气的，人也瘦了。"老板就说："可不是，你比上次精神多了。"吉娜就看80后，说："你也应该锻炼，出去看看，人也精神。"80后忙说："我跑步，我开始跑步了。"老板忙解释说："上次你说带她出去玩她没去，我问她为什么不去，她说我若去了，你上厕所都没人替你。"吉娜就说："多好的人。"

小尹和我坐在沙发上，听他们聊生活。小镇上寂寞无聊是听说过的，还是没想到这样。80后不出门的原因，我猜得到，你想，什么都听不懂，出去干什么。语言就是桥梁和工具，你再聪明，什么都不懂，就是傻瓜。80后不想当傻瓜，就不出门。但这能躲多久呢？到了加拿大，就要改变生活方式。

"你的适应能力真强。"80后艳羡地对吉娜说。

吉娜现在有了一个儿子。吉娜说："他现在没以前乖了，都16个月了，脾气也长了。今天他拿东西扔我，我说这可不行，我就抓住他的手，让他站好。他爸爸回来，听说后把他扔到床上，不让他下来，他就大哭。后来我说这样不行，以后让他睡觉，他会以为是惩罚他。他爸爸听我这样说，认为也有道理，但是应该怎样教育他呢？我俩就没主意了。怎么办呢？”吉娜说到这里，很感慨地说，“这么大最难管了。”

小尹笑起来，说：“这么大很好管，大了才不好管呢。”

三个女人一台戏，刚认识就家长里短了。80后悄悄叹口气，说：“把店卖了，我就可以回国了，我想家了。”

老板忙说：“卖了店，我带你到处玩玩，回去也有的说，别说只在店里待着，哪儿也没去。”

谈论孩子的女人们安静下来。吉娜笑一下，说：“其实自己有个生意，蛮好。”

屋子里突然静默下来。卖店的和买店的人，各想着各的心事。

吉娜站起来，说今天家里有客人，她要先走了。

吉娜一走，80后就说：“卖了店，我也要走了。”她边说，边到柜台去找她的丈夫。

只剩我和小尹，小尹笑笑，说80后的女孩，是个藤呢。我们不一样，我们是树。我们能靠谁？

回来的路上，天开始变黑。本来就阴郁的天空，黑起来真的很快。建平开着车，辽阔的原野飞一样滑过。

我们说起吉娜，吉娜说这个小镇虽然小，倒也什么都有。只是出门时要早回家，有天晚上她同丈夫一起回来，开夜车，黑乎乎的，挺吓人。

小尹说：“前天我一个人开车走夜路回的家，回去时已经半夜十一点了。我以前从未想过自己会开夜车回家。我开着车，路好长，好像永远没有尽头，我真的害怕。可是，我居然开回了家。”她叹口气，说，“加拿大真是一个大课堂，我们在这里，必须学会应付可能出现的一切，学会如何生活下去。”

我知道走这样漫长无人烟的长途路意味着什么。我也能想象小尹，这个个子矮小，坐在驾驶座上还要垫上坐垫才能看清前方的女人，单身开夜车的恐惧。我突然对身边这个相识十年的朋友刮目相看。我想她到底是谁呢？她是怎样一个坚强的人。

花费十年心血的酒吧面临不测，她没有抱怨；即将面临的漫长工作，别人的地狱，她也没有抱怨。“能怎么样呢？”她说，“生活，就是要这样担当着，抱怨和犹豫都没有用。”

我知道，她就是那个开夜路的女人，这样的女人，没有畏惧。

异乡的年

2012年1月23号，是中国的大年初一，可在加拿大，因为是周一，所以还要照常上班。上班也就罢了，晚上还有课，想到这个，刘英心里有点委屈。委屈又如何，这就是生活。刘英别无他法，只好入乡随俗。

下班从公司出来时，看到漫天大雨，刘英叫苦不迭。谁能想到在北纬45度的蒙特利尔，一月份的冬天里，居然会下这么大的雨。老天爷真是疯了。刘英当然是没带伞，但这时再回家取伞也不可能，她只好硬着头皮往公车站跑，只一会儿，她就觉出了羽绒服在加重，好在路不远，车来得也快。坐在车上，她本来想浏览一下上堂课的内容，但眼睛看在书上，心里却一直在想公司的事情，索性放下书，专心把今天发生的事情想一想。

今天公司宣布了兼并后的人事调整。本来这事与刘英关系不大，她就是一职员，谁当头头都是吃一碗饭。可是琳达被拿下之后，这件事就与刘英有了关系。第一是琳达不再是她的指导，而变成了她的同事；第二在琳达下台这件事上，也有刘英的因素。

如果琳达不是那样欺负她，她不会去大头那里抱怨；如果不报怨，现在就没她的事了。她又想起大头离她远远地撇来的目光。每年的中国年，大头都会兴高采烈地用那让人忍俊不禁的洋腔洋调说一句“新年快乐”，今年却只是远远地点点头。刘英是个玻璃脑子，明白大头用心良苦，他是在用另一种方式保护自己。看看又哭又闹的琳达，谁会故意往枪口上撞？躲还来不及。刘英虽然在琳达手下饱受其苦，但看到琳达那哭得红肿的眼睛，竟莫名地起了怜悯之心。一会儿见琳达在那里咬牙切齿，又不禁多几分担心，心中七上八下，一时分不清该如何做。毕竟这是刘英到加拿大的第一份工作，关键是，对这些洋人，说文化不同也好，说待人方式不同也罢，刘英还没有吃透他们的秉性。不知己知彼，安能百战百胜？刘英的内心忐忑，根源在此。

到 M 大时课已经开始，老师瑞塔正板着脸总结上堂课小测验的问题。刘英蹑手蹑脚地进了课堂，本来不想惊动专心听课的诸位，谁知越小心越出岔，那椅子跟她作怪，吱啦啦声音巨大。刘英一时恨不能变成隐身人，把头低到尘埃里，在众人不友好的沉默中，她屏住呼吸，缩着身子坐下。

课上得不好。上次考得很惨。税法这东西要记忆，可刘英一没时间，二是上了 30 几岁，脑子好像罢工了一样。身边坐着那些青春年少的孩子们，书都没摆上桌子，回答却快得好像不走脑子。中间休息时，别人都在欢声笑语，刘英独自在走廊做深呼吸调节情绪。

坐在地铁上回家时，她感到后背开始痛。她知道是颈椎病犯了。这病在国内时就有，南方的天气，阴冷潮湿，她又做会计，每天埋头对账。有一天她很心酸地对老会计说，她得上颈椎病了，老会计大吃一惊。她还以为老会计会说，你怎么这么年轻就得了病，没想到老会计说，你怎么才得上。她才知道这是会计的职业病。后来到了加拿大，冬天室内温暖如春，读法语时也不很累，慢慢就养好了。如今又上学又读书，每天累得长出两个脑袋才够用，难免旧病复发。

回到家时刘英已是饥寒交迫，手触之处，皆是冰凉一片。想想丈夫，为了一个道听途说的生意，跑到非洲一个什么小国，过年也不回来。真是商人重利轻别离。如今全民皆商了，好像离别根本不是事情了。你能抱怨谁呢？就是你弹上一曲大珠小珠落玉盘的琵琶，谁又是那个泪湿青衫的人？

刘英一边杂七杂八地想着，一边翻着冰箱。因为昨天去朋友家过大年三十，家里剩饭也没有。无奈之下，她只好把家中硕果仅存的一把面条放在锅里。突然记起该给家里打电话拜年。电话通时，满耳朵都是孩子们的笑声，那笑声无忧无虑，让刘英倍觉苍凉。妈正在把虾肉汤圆盛到鸡汤里。大概是鸡汤太烫，妈的声音都是热气腾腾的。妈说：“你也给自己做点好吃的，过年了嘛。”刘英口里满满地答应着，泪水却不争气地涌了出来。她急忙捂住嘴，调高了声音，很快乐地说：“好了，妈，我的饺子也开锅了，咱们就一起吃饺子吧。”放了电话，这一天的委屈好像决了堤一样，汹涌地漫上来，她忍不住伏在桌上痛哭了一场。等她慢慢平息下来，竟闻到一股糊味，连忙跑到厨房，才见刚煮的面条已经成了一锅糊焦。

乔治的餐馆

乔治的餐馆就在我家后面，一个小小的白房子，镶着天蓝色的花边儿。餐馆的牌子上画着一个穿雅典传统民族服装的年轻人，手举一个巨大的卷饼式三明治，正奔驰在送货的路上。

乔治是希腊人，16 岁来到加拿大，20 岁开始他的创业生涯。最好的时候，他有三个餐馆。我家后面的是他的大本营，他的菲律宾妻子和一双儿女常年在这里驻守。夏天的晚上，乔治开到后半夜，两个孩子也在店里熬着，不知上学时会不会分神。

乔治的餐馆并不大，冬天时室内大概有八张桌子，墙上挂着他刚创业时在 *The Gazette* 上登的广告和街区报纸采访他的文章，还有他女儿参加花样滑冰的照片。夏天时，他就在前院摆上桌椅，支上阳伞，四周摆放一些常绿植物。在夏天灿烂的阳光中煞是好看。

希腊人自然是经营希腊餐，不过做久了，就不只有希腊餐了。顾客喜欢常换常新，乔治就加一些当地人喜欢的快餐，效果也挺好的。再加上送外卖，乔治的生意越做越红火了。

2005年时，有了经济基础的乔治年纪也有40多近50岁了，他突然对竞选感兴趣了。乔治决定竞选地区议员，他参加的是蒙特利尔前市长布克的队伍。

一夜之间，乔治的大幅照片就挂满了地区的大街小巷。接着，乔治就出现在当地的电视节目和电台里。小街上有个大坑，好长时间了也没人管，乔治准备竞选后，大坑成了话题，居然也上了电视。看着乔治在电视上一边晃半秃的脑袋一边承诺要把大坑填平时，我就忍不住笑，笑完了就叫那大坑是“乔治大坑”。

加拿大的竞选是人头一票，要当议员，乔治就得拉选票。那段时间，乔治的生意可红火了。乔治见人就寒暄，戴着金项链的脖子和宽大的西装一齐在你眼前晃，当然还有一张生意人的笑脸。然后他就会说：“到我餐馆吃顿饭吧，我请你。”

乔治还到处发放餐馆的打折票，选区的居民很多人都得到了。乔治的选区在大学附近，那大学有许多新移民在读书，中午正愁没地儿吃饭，于是我走在自家门口时就有同胞过来问我乔治的餐馆在哪里。

麦克是个意大利小老头，住在餐馆的后面。乔治的餐馆夏天时门前有栅栏，麦克不喜欢，告诉乔治两年了，乔治每次都仰着一张笑脸点头。这次乔治要竞选了，麦克就严肃地又提起来，乔治这次就低着一张笑脸，果然神速地拆掉了栅栏。

竞选那天，乔治的选票一度与前议员并驾齐驱，接着就慢慢落下来，终于败北。

竞选后我大概有一星期没见到乔治，再见他时吓了一跳。乔治穿了一件皱巴巴的衬衫，胡子也没刮，脸色憔悴，好像生了一场大病。不过他的商业精神却不倒，见我就问我窗台上的香蕉树卖不卖，他想买了摆在他的花园里。

“可惜没有结香蕉。”他惋惜地说。

“是热带的树，移到北温带活着就不错了。”我应和着说，“没有结香蕉，也是一个景观了。”

乔治便点头。过了一阵子，他卖了在市中心的一个餐馆，说是想清闲一下。他的伙计告诉我，是捐款给竞选，赔了呀。

吉米的妻子和他的书

我正在店里读书时，吉米走进来。

“看什么书呢？”吉米问，他穿着工装背带裤，花毛衣上系一条小丝带，阳光灿烂的样子。

“《前世今生》，讲人可以有许多轮回的故事。”

“好书，我信这个。”吉米说，“没准儿你就是我前世的女儿。”

“为什么？”这可犯了国人的忌讳，我是国人，当然奋起反击，“没准儿你是我前世的儿子。”

“那好，妈咪。”吉米一点儿不在乎。

我们就笑，细细算下来，吉米年长我十岁，但他很高兴有个中国妈妈，还是前世的。

吉米毕业于蒙特利尔C大学，和我还算是校友，只是吉米是文学专业。十年前他去日本教英语，两年前才回来，不仅带回一小笔积蓄，还带回一个日本妻子。日本妻子剪着短短的童花头，一眼望去，比吉米小十岁，一问，两人同年。

“东方女人真是奇怪，”吉米说，“走在银座，到处都是美女，因为 15 岁和 35 岁的女人都一样，都很漂亮。”

吉米的漂亮妻子到蒙特利尔没多久就开始了打工生涯，开始打一份工，后来打两份。她每次来买东西都显得很疲惫，我忍不住说：“吉米为什么不工作？”日本女人一哈腰，说：“吉米正忙着写书，没时间工作。”

吉米来时我就笑，说：“大作家，书写得怎么样了？”

吉米很得意，说：“你没看今天的《大公报》？上边有我的文章。”

我们就趴在报纸上找，两颗头凑在一起找了半天，终于在读者来信一栏找到几行字。“喏，我的名字在这里。”吉米指给我看，“可惜没有稿费。”

“这就是你那书？”我余兴未了。

“不是，书是另一回事，我正在写，书名都起好了，叫‘从内部到外部’，写我一个加拿大人在日本的经历。今天我写了一页，很累很辛苦。”吉米作势伸了个懒腰，“但是今天我有收获，就是这个。”吉米对着报纸努努嘴，然后拎了两瓶酒，兴高采烈地走了。

春去冬来，吉米在写书。

冬去春来，吉米还在写书。

又一个冬天来临时，日本女人要走了。走时来告别，说回日本看她的妈妈和女儿。日本女人说她家在札幌，这个季节很美，不像这里，很冷，到处是雪。这样说时，她的眼神里有快乐、向往和渴望，而吉米看她的眼神，却有些凄凉。

日本女人走后，吉米喝酒无数，有一天居然醉倒在马路上，把脸磕破了半边。

我看不下去，斥责说：“喝那么多干吗？不想活了？”

吉米就哭，一边哭一边捂着胸口说：“妈咪，我的心碎了，碎成一片一片的。她要留在日本，不回来了。”

不醉酒的时候，吉米就给她寄化妆品，一包包地寄，全是名牌，一直到信用卡刷爆。

前几天蒙特利尔下了一场大雪，早晨我去开店，见街那头停着一辆大卡车，是送家具的那种。我见一个熟悉的身影正在吃力地搬那笨重的沙发，仔细一看，原来是吉米。

罗杰的邮票

罗杰在昨天的工作中闪了腰。去看医生，医生说这是老毛病了，也没什么特效药，叮嘱他小心一点，明天就别上班了。

回了家，罗杰去洗澡，拿香皂时很滑，他就对自己说，千万不能掉，一定要拿住。但还是没拿住，香皂掉下去的那一瞬间，罗杰绝望极了。但他没有别的选择，只能弯下腰，一点一点地接近那块香皂。他保持着这个慢镜头许久，久得以至于他想，如果前面站的是一位公主，在他的后面一定排了长长一队人。

想到这里他哈哈大笑。

能开自己的玩笑，说明生活还不算太坏。虽然罗杰已经 50 岁，与妻子离异，孤身一人住在一个小公寓里，如果女儿不回来看他，他就没有访客。

今年是他不太走运的一年。健康一直有问题，先是眼睛，后来是肩膀，现在是后背。医生给他的药他没吃，那些药不是让肌肉松驰就是阻断神经的，并不能改变什么。倒是那些啤酒瓶子，对他是个安慰。过了 50 岁，他对男欢女爱的事也淡了许多，最感兴趣的，是他那些邮票。

太阳在西边五彩斑斓时，他打开一瓶啤酒，坐在台灯下，开始研究他的收藏。他有几乎全世界的邮票，有许多是在展览会上成堆买来的，当时并不知道是什么，回来打开，在邮票的国度和历史上查找，重新分门别类。新的搁在一边，旧的先用水泡，再用 DVD 盘压平，归在二手票里。然后，他小心地把它们摆进崭新的透明夹层里。经过这一番精心梳妆之后，这一组新娘就待嫁了。他也不贪心，就在现在的估价上打个折，有的赚就好。

他的收藏，已经摆满了他小小的公寓。床上、柜上、厨房的橱里，到处都是他的邮票。有时他开玩笑说："把女儿赶出去吧，这样我的邮票就有地方放了。"

女儿是定期来的，一个月在前妻那里，一个月在他这里。女儿今年九月就要上大学了，是去 M 大还是 C 大，她还没想好，因为专业不同。如果学英国文学，她打算去学中文，毕业后去中国教英语。现在去中国教英文，已经是一条就业之路，不仅有好的待遇，同时有机会领略东方文化。

对罗杰来说，古老的东方有点遥远。目前他的工作就是尽快地卖些邮票，他已经联系好了好几个俱乐部，九月份女儿一开学，他就能拿出钱给她交学费了。这个学期，轮到他负责。

夜色慢慢地深了，天边的淡蓝变成了深蓝。罗杰想直一直他的腰，腰却不听他的，一直弯在那里。他无可奈何地保持着原来的姿态，一边嘟囔着："公主，臣下给你请安。"

波兰人阿伦

波兰人爱国是出名的，表现就是第一次见面他就会告诉你，“我是波兰人”。但是波兰曾在二战中哭泣过，这也是阿伦心中永远的痛。

认识阿伦是他来买彩票，说错了，又纠正，我就笑一笑。他转身走时，突然说：“你的笑容很好看，我很喜欢”。

就这样，阿伦成了常客。他有 70 多岁，身体好，每周日打球，他和他的老伙伴，已经是对手两倍的年龄。但他们依然赢，每次赢时他都笑得很好看，很享受的样子。

看他快乐的样子，很难想到他的苦难。有天他拿一本关于二战的书，内容是记载欧洲逃难儿童在非洲的生活，他指给我看，有一段就是描写他的故事。

二战爆发时他 10 岁，家里有八个孩子，他是最小的。爸爸把他托给了叔叔，叔叔带他逃出波兰，辗转非洲、印度，终于到了加拿大，那时他 14 岁。他从此与家人失去了联系，直到战争结束。

20 多岁时他像所有年轻人一样谈了恋爱，爱上了一个法裔加拿大姑娘。第一次去女友家，女友把他放在客厅里，自己出去了。女友的奶奶问他：“你想过平静的生活吗？”阿伦坐得规规矩矩的，一双手放在膝盖上，鸡啄米似的点头。奶奶又问他：“你想有一个安稳的家，快乐到老吗？”阿伦又点头。老奶奶就指着外边说：“看到这个街的尽头了吗？跑，用你全部的力气向街那头跑，跑得越远越好，永远别再回来。”

阿伦没有跑，但后来他离了婚。

那女孩爱跳舞。她实在是太爱玩了，甚至把新生儿放在家里就走。她妈妈也常来阿伦家，每次都来指责阿伦为她女儿做得太少。在她眼里，女儿是天才的舞蹈明星，在这个小房子里养孩子，太委屈了。

后来，阿伦也感到很委屈。

阿伦现在的妻子是个英格兰人，棕色头发，平平淡淡的一个人，和阿伦过了 40 年了。“这个好，”阿伦说，“这个总在家里待着。”这个妻子有个儿子，在台湾教英语，娶了一个台湾人。

去年夏天，阿伦有两件事让他开心，一是他去波兰看到他从 10 岁就没见过的姐姐，那七个人，只有两个还健在。他说真没想到，她们和我长得一样。说这话时他露出小孩子一样的笑，那是一种有归属感的笑。

他终于在这个世界上找到了自己的根。

第二件事，是他那个儿子回家看他，还带着妻子和小混血儿。阿伦带儿子一家来给我看，小孩皮肤很白，鼻梁也高，但眼却不凹，生得很好看。

那段时间，阿伦对这个外国儿媳总有许多新发现。比如她怕晒黑，那么好的大太阳，我们都恨不得脱光了晒，她却打着阳伞。比如她不敢吃奶酪，哪种都不敢吃。我看得出来，对阿伦来说，东方女人，是一种他不懂的人种，他对此充满好奇。

两周的假期后，儿子一家回去了，阿伦却因此爱上电话卡，每次买时都说，我妻子和我要给他们打电话了。

好女人

保罗刚搬来时，有点无赖的架式，来到店里就要欠钱，不给还大吵大闹的。老张最烦这样的人，坚决不同意，还摆足架式，好像要把他轰出去。

过了两个月，保罗再来时，非常安静地付钱买酒，很绅士的样子，与之前判若两人。这让老张禁不住对他身后的人多看了两眼——他身后跟着一个菲律宾女人。

这女人，矮小黝黑，像一个没发育好的小女孩。保罗说这是他的女朋友，老张就打个招呼，她却不说话，很腼腆地笑笑。

保罗是个爱说话的人，每天来都聊一会儿。慢慢地，老张知道那女孩很努力地工作，做两份工，因为要养远在菲律宾的妈妈和弟弟。后来那女孩病了，保罗说她现在没有子宫了，不能再有小孩了。

老张说："你不想要个小孩吗？"保罗说："我有两个呢。"

有一天他带了一个来，18 岁的小伙子，长得相貌堂堂，一张嘴却是一连串骂人的话，很有点玩世不恭的样子。保罗却赞美他说他很有出息，早就独立了，现在跟女朋友住在一起。如今他职业培训过了，去给人家安警铃，工资不错。然后说："你知道，他来了，我要多买两瓶酒，多喝两杯。我本来还有一个儿子，但我们不知道他在哪儿。不过我们决定要找到他。"老张很惊讶，以为内里有某个悲惨的走失的故事。保罗笑说："没有，我本来在魁北克城长大，在那里有一个女朋友，还有一个儿子。后来我到了蒙特利尔，就断了联系。后来又认识了一个女朋友，就有了他。"保罗一指他儿子，那男孩也不停地点头，说："是的，我们有这样的想法，我们可以找到他，然后，"他指一下保罗，说，"我们三个，坐下来一起喝一杯。"

有天保罗买了一张电话卡，说他女朋友要给菲律宾打电话。过了一会儿，他女朋友来，说要换一张。当她说话的时候，老张才发现，她原来是个兔唇，而且语言有障碍。在她含糊不清地表达中，老张用心去猜她的意思。

老张突然很可怜她，那么弱小的一个身体，打工养家，又有语言障碍。但可以看出这是个有心的女孩，你看她把保罗管理得多好，穿戴整齐，像个有家有妻子的男人，而且内心的那份安宁，是以前没有的。而保罗对她也小心呵护，情人节、圣诞节、生日，从来都会从口袋里变出一大堆东西，都是给她的礼物。在外人眼里，保罗长得身高八尺，脸如白玉，这个女朋友在他身边真的很不般配，那又怎么样呢？他们过得很快乐。

一个好女人，就是一个家，让浪子回头。一个好女人，也不需要如何的美貌，有一份温暖人心的力量，就够了。

苏珊的母亲节

五月的第二个星期日是母亲节，这是又一个让加拿大人掏空了钱袋的节日。庆祝一般是从周五的晚餐开始，周六也有携母同游的。当然正日子是周日，清晨就有许多人在花店买花和红酒，去看他们的母亲。

我邻居的老奶奶苏珊今年 88 岁，夏天她常带一顶白色遮阳帽坐在树下读书。你想不到 88 岁的她依然拥有多么好的身材和爱美的心——永远是雪白的上衣和浅色短裤，鲜红的口红和腮红。同其他老年人一样，她喜欢聊天，有时就找到我头上。她有浓重的英格兰地方口音，所以开始我并不很容易听懂她的话，她也不在乎。后来慢慢懂了，知道她在这栋房子住了 55 年，她 21 岁随丈夫来时，这里甚至还没有足够的暖气。她有两个孩子，如今丈夫去世，孩子都在别处，儿子在渥太华，女儿在卡尔加利，她就一个人住在这栋写满了她一生美好回忆的房子里。她也有体力不支的时候，冬天雪大时她会腿痛，也有一次煮咖啡烫了手。

但她从不抱怨，总是很快乐的样子。她对从儿女那里得来的礼物，总是怀着快乐和感激，这是与中国老人的习惯不同的。在中国传统观念里，子女对父母应怀感恩，而父母对子女是不习惯说谢谢的。

周五中午时，我见一个皮肤晒成棕色的中年人敲开了苏珊的门。老奶奶迎出来时是快乐地小跑着的，像小女孩一样发出欢叫——她儿子回来了。周六时她挽着儿子的臂弯去吃晚餐了，周日我见那儿子回来，美丽盛开的康乃馨满满地盛在他的怀里。周一，苏珊准时坐在大树下，见我下班回来，立刻迫不及待地向我讲述了这个母亲节。

“你不知道我有多意外，他给我打电话时我正在烧咖啡，我以为他是从渥太华打来的，我说你在哪儿，他说我就在你门外。他失业了，但你知道他说什么？他说感谢上帝，让我有时间去看我妈妈。他是个好孩子。星期六他请我去吃意大利餐，你都不知道那桌布有多好看，那餐具有多漂亮。我们喝红酒，我们怀念那些年，美好的过去，他爸爸还在的时候，他还是个男孩的时候。”

苏珊那么快乐地笑，笑得眼里满是泪水：“感谢上帝，感谢我的孩子们，我总是感到快乐，为了他们为我做的事情。”

正聊着，阿瑟从街那边转过来。他是个没事爱喝几口的酒徒，与另一个酒徒戈里住在一起，有钱他花自己的，没钱花戈里的。阿瑟见我们，就走了过来，苏珊说：“你好吗？”他说：“不好，没酒喝。”我笑，说：“借戈里的。”阿瑟说：“戈里走了，早上就带上红酒和花见他妈妈去了。”我说：“你为什么不去？”阿瑟说：“我什么也没有，他们都死了。”原来阿瑟的爸爸是苏联人，妈妈是德国人，二次大战后来到加拿大。阿瑟的爸爸脾气很坏，爱喝酒，死得早。至于苏联男人和德国女人的罗曼史，阿瑟不肯说，只说他没妈妈可看，也没有酒喝。

苏珊就从身上的小钱袋里摸出几个铜板给阿瑟，说："今天是母亲节，你去买酒吧。"阿瑟便哭起来，说："我能叫你妈妈吗？"苏珊同意了。阿瑟就鞠躬，行吻手礼，高高兴兴地走了。

五月的阳光，就这样照在这块土地上，母亲节，是一个给人多少快乐，多少回忆，多少伤痛的日子啊。

苏珊九十四

今天是苏珊 94 岁生日，她的女儿从卡尔加利，儿子从渥太华过来给她祝寿。来了几十号人，最多的是我们这些邻居。房东也来了，拿出一个沉甸甸的礼物，笑嘻嘻地让苏珊打开看。苏珊满面红光，金发剪得整整齐齐，腮红和口红都打得很鲜艳，坐在那里喜气洋洋。她双手颤颤地打开了那礼物。

哇，大家欢呼一声，原来是 94 个一元加币。

那从银行刚换来的新币，金灿灿地摆成一朵大花，好像苏珊 94 个年华。

74 年前，苏珊刚满 20 岁，还在苏格兰乡下。那时的苏珊，爱玩爱笑，在家乡的餐馆打工，下班就同一群好友喝酒跳舞消磨时光。她家里有八个兄弟姐妹，父亲对她有很高的期望。“她能当个护士。”老师指着她的成绩说，苏珊很聪明。“她能当个医生。”她父亲骄傲地说。

苏珊没有当上护士，更没当上医生。她贪玩，嫁人的前一晚，还在酒吧里玩。“苏珊，明天你要嫁什么人？”她的好友问。“谁知道，谁在乎。”苏珊笑嘻嘻地答，喝得醉醉的。

新婚不久的苏珊随丈夫来到蒙特利尔。那时的蒙特利尔生活很艰苦，在寒冷的冬天，苏珊在夜里流了很多眼泪，她怀念她的英格兰。

但苏珊是个坚强的女性，她从未退缩。她知道这里就是她的新家，她的儿女将生在这里，长在这里。

婚后，苏珊再没工作过，她养育了三个儿女。

苏珊的丈夫在她82岁时过世了，在这之后，苏珊一个人过。楼上的威廉也是一个人，夏天时，他们就坐在树下乘凉，也聊一些过去的事情。有天威廉摔在地板上，向苏珊求救，苏珊就上楼，叫了救护车，然后看着老威廉被抬走了。

“他还小我三岁呢，还没我结实。”苏珊嘟囔说。

94岁的苏珊，一点儿不糊涂，夏天女儿带两个外孙来，她还能给他们做饭，给吵架的小哥俩当裁判。苏珊的女儿说妈妈像外公。苏珊的爸爸100岁时从苏格兰乘飞机来看女儿，戴着小阳帽，穿着格子衬衫，精神着呢。

苏珊有个拐杖，她要么拖着它走，要么把它挂在臂弯里。苏珊其实用不着，她用它吓唬公车司机。因为司机见她来不等她，现在她弄个拐杖来，看他们还等不等。

生日的晚上，我看到苏珊一个人，站在楼下，送往迎来。女儿和儿子已经走了，又剩苏珊一个人。她倒也没难过，说下个月儿子还来，然后就拎着她那象征性的拐杖上楼了。

“祝你做个好梦，苏珊。”我说。

苏珊回头笑，像一朵秋菊花。

祝你做个好梦，梦见苏格兰那青青的山和碧绿的水，梦见你少年时的好友和久别的家人，梦见你在家乡的欢歌笑语——那已然是上个世纪的事了。而20岁时的苏珊，怎么也不会想到，在遥远的蒙特利尔，她度过了74年，见证了蒙特利尔半个多世纪的历史。

我们究竟想要什么

玛丽来时我正在忙，她很难过地站在一边。忙完了，我问：“你怎么了？”她说：“我不想要新房子了。”

玛丽的新房子，是她用继承遗产的钱买的，一次付完。玛丽告诉我她有新房子时，兴奋地对我说：“你看，我的家庭把我放在这里。”她把手放在桌子正中间。我知道，那个地方，有玛丽30多年的孤独生活和悲哀的往事。

玛丽30岁时有一个稳定的工作，两个可爱的孩子，她和丈夫一起买了房子。一切稳定后，她的婆母从印度来看她们，就在游玩的路上，发生了车祸。她从昏迷中醒来时，丈夫没有了，她的身体也受了很重的伤。现在，丈夫的家族分财产，她和儿子得到了他们的一份。儿子就买了这个房子，然后，玛丽开始搬家。

她搬了三个月，还没搬完。她每天收拾东西，有太多的信件与纪念品，每个物件上都有不可磨灭的往事。后来，儿子着急了，自己来帮她搬家。儿子说：“你要这些老东西干什么呢？还是不要了吧。”玛丽难过地对我说：“他对我好像小孩一样。可是我有脑子，我没糊涂。我好难过。”

玛丽让我想起苏珊。苏珊在90岁之前都是一个人生活，直到有一天她跌了一跤，三个小时都没能够到电话找救护车。这一跤断送了她的自由生活，两天后儿子与儿媳从渥太华回来，把她送到老年公寓。然后，他们开始从她住了50多年的老房子里往外扔东西，沙发、桌子等各种家当。那时正是夏日，苏珊的儿子和儿媳也不着急，每天往外扔一点，然后就坐在沙发上在夏日的骄阳中喝啤酒。到第三天，东西扔完了，儿子打道回府，苏珊的所有记忆，随着一辆垃圾车，烟消云散。

人生苦短，我们到底要什么？敛财聚富是好的，追名逐利是好的，但到头来恐怕连一张小小的桌子都留不住。

我眼望着玛丽走远，回过头的时候，玛丽的身影好像与苏珊交叠在一起，玛丽浅灰色的长衫和苏珊那涂着鲜艳口红的脸在街口处擦肩而过。夏花开了又败，败了又开，我们用尽全身的力量去要求的东西，就在花开花败中沦为虚无。我回身进房，把晚上准备去抢购的季节性打折的广告扔进纸筒里。

“谢谢你”和“对不起”

小店在蒙特利尔的一条街上，来的客人黑白老少，各色人等都有。

黄昏时，天下起蒙蒙小雨。窗上雨水慢慢蒙上来，窗外的绿树和红叶都变得模糊不清，潮气顺着门边渗进来，沾着我的裙边。我喜欢这样的时刻，喜欢因为雨水带来的潮湿和安静。往往这时生意也会清淡，谁会偏顶着雨水来买东西呢。我便靠在椅背上，凝神看着窗外，给自己的头脑放个假，便可以胡思乱想了。

这时安妮走进来。安妮是这里的老客人，她是个赌家，每次来，都要买上几十块钱的彩票。

“嗨，璐璐，今天好吗？”安妮说，上过妆的脸上笑容满面。安妮住在对面的老人公寓，那里的老人，用化妆来消磨时间——早上起床，化一小时妆，去吃饭；回来再化一小时妆，去吃午饭；然后小睡一会儿，起来再化妆。

安妮买了40块钱的649，她给了我50块钱。钱是加元新版，是那种塑料质地，很薄，两张粘在一起，很难分出来。我习惯性地用手捻一下，是两张，我拿起其中一张，递给安妮。

“啊，对不起。”安妮接过钱装进口袋，然后收拾好她的彩票，走了。

对不起？为什么？我感到很奇怪，她应该对我说谢谢你才对呀。

我找回了她50块钱，她对我说对不起，对不起什么呢？

天气潮湿时，冰柜上的玻璃门上铺上一层雾水，我走到柜前，以之为底，在上面练习中国书法。开始我并没注意自己写的什么，后来我看到下意识写的竟是，对不起。

晚上回到家里，素素打电话来，问我晚上出门吗。我说不出，她说那她去我那儿。我知道她是来给我送钱的，下个月我要回国，素素让我给她妈妈带点钱回去。

她给我的钱多了一张20块。当我把钱还给素素时，她仰起脸笑一下，她说：“谢谢你。”

我在刹那间有点迷茫。两个女人，两张笑脸，两张钞票，一个对我说对不起，一个说谢谢你。

谢谢你的含义，是说你找回了她的钱，你是个诚实的人。

对不起的含义，是我的马虎给你造成麻烦，让你多劳了。

那么，找回多给的钱，真的说明我是个诚实的人吗？还是这只是我的本分，是我应该做的？思考的结果，说对不起是把人放在一个平等的位置上；而谢谢你，则在说这句话时，就把对方当成了一个坏人——你不拿我的钱，我要谢谢你，那么拿我的钱，就是正常的了。

这样想时，看到了道德的高下，原来在我们平日的生活中，对道德的设置就有了问题，就把别人当成了地狱。先把别人看矮了，才把正确的看成捡来的好事。

然而我害怕的不只是这个。我突然发现，在我过去的年代里，可能有很多这样的误区，我还不知道，我还把错误当成正确，还在把不对当理说。这样想时，我惊出了一身冷汗。

欧洲之旅

阿姆斯特丹机场

小的时候，我喜欢趴在地球仪上找国家，找得最多的，是欧洲。因为太多的小国密密地挤在那里，而每个小国，都有如我国春秋时候远交近攻，纵横捭阖，分久必合，合而又分的历史。所以，去欧洲是我多年来梦寐以求的事。从踏上飞机的一刹那，我的心就开始在云层上飘，唔，幸运的我，就要去欧洲了。

从北美到欧洲，和到中国一样，要飞越大洋，只是一个是太平洋，一个是大西洋。经过六个小时的飞行，我们到达了欧洲的门户——阿姆斯特丹。稍事休息，一个小时后，到达了奥地利首都——维也纳。

从我知道地球上有这个名字，它就是我心仪之地。

然而，第一印象的欧洲，与我第一印象的北美不同。到北美，我是来自中国；而到欧洲，我来自北美。北美在很多方面，比如生活方式与文化氛围，是欧洲的再版。

所以，第一眼中，我没有惊诧和震动。后来我想，是不是因为我来自中国，反而没有震动？因为欧洲的古老和中国的古老又许多相近之处，三大洲比较，古老与古老的交叉，让我在心里反复掂量。

阿姆斯特丹的四个小时，我们是在机场度过的，还吃了一顿午餐。

欧洲的咖啡，除了给你糖与牛奶以外，还有一小盒黄油，加了黄油的咖啡有了更丰富的味道。比萨与北美也不同，大小像中国北方的烧饼，有圆的也有椭圆的。有一种上面加了酸菜丝，非常对我的口味。有的小餐馆，空地上只摆一个直径一到两尺的小圆桌，喝咖啡的人，就那样站着慢慢地消磨，看起来很从容也很安逸。

阿姆斯特丹的象征是梵高，就像奥地利的象征是莫扎特。一只耳朵的梵高画像无处不在，书上、明信片上、礼品盒上，到处都是梵高那有高高颧骨的红脸膛，睁着一双光芒四射的眼睛，看着来来往往的世人。

荷兰，钟爱着梵高的自画像。

第二件就是荷兰国花郁金香。大大小小的漂亮花盆里，摆满了真真假假的郁金香，除了美丽的颜色，还有一种刚从田地采来的清香。这让我想起渥太华的五月，到处开满挺拔高贵的郁金香。那个在二战期间，荷兰女王在加拿大避难，为感谢加拿大而赠送郁金香的故事，让两国人民感念至今。

荷兰的另一个标志是小木鞋，或者说是鞋一样的海盗船。大可实用，小可装饰钥匙链。还有一套套的，由小到大，几双甚至更多装在一只大鞋里。据说那上面美丽的图案都是手工绘制，色彩绚丽，赏心乐目。

大麻叶也是荷兰的象征，因为在阿姆斯特丹，吸食大麻是合法的。许多小头巾和衣服，上面都印着大麻叶。

等待飞机的时候，我坐在窗前，望蓝天和地平线融在一起，那种蔚蓝的颜色，让我心胸开阔，对我要开始的欧洲之旅，充满好奇。

奥地利的两个女人

在去欧洲之前，我自以为做了足够功课，但当脚踏这块向往以久的大陆时，眼所见，耳所闻，还是让我惊喜不已。

维也纳的历史，最早可查至石器时代。但给游人最深印象的，却是两个女人。她们的名字和塑像印在维也纳的大街小巷。

她们是玛丽娅·特蕾莎和巴伐利亚的伊利莎白——茜茜公主。

玛丽娅·特蕾莎（1740—1780）是奥地利历史上盛名大于皇帝的皇后。她和她丈夫弗朗茨·斯蒂芬代表了奥地利的黄金时代。在此期间，他们进行了卫生、经济的改革，施行义务教育。丈夫死后，儿子约瑟夫二世在特蕾莎身边执政，取消了农奴和死刑，还创建了国家剧院和帝国剧院。在特蕾莎执政期间，奥地利的经济和文化达到了空前的繁荣。音乐神童莫扎特就出现在这个时期。在玛丽娅·特蕾莎的宫殿里，有一间房专门表明是莫扎特六岁进宫给皇帝表演的地方。有一幅表现庆典的大幅油画，用一个特别的玻璃框赫然框着在贵宾中坐着的小莫扎特。据说这是对莫扎特表示尊敬，因为大典时莫扎特刚刚四岁，还在萨尔茨堡生活。

玛丽娅·特蕾莎最为传奇的不仅是女人当政给奥地利带来的鼎盛，而且是在当政期间，她生养了16个子女。活下来的10个子女长大后，玛丽娅·特蕾莎成功地采用联姻，与周边国家外交，其中最传奇的是后来嫁到法国为路易十六皇后的玛丽，在法国大革命时被送上了断头台。

玛丽娅·特蕾莎的青铜塑像威风八面地坐落在维也纳博物馆广场，被她的将军塑像和大臣塑像包围着，那里本来是为皇帝留下的宝座。而她八岁时穿着蓝衣服的油画，珍藏在艺术博物馆，与拉斐尔的作品藏在一起。

另一个女人，就是茜茜公主。

大概20年前，一部电影《茜茜公主》，让中国人认识了奥地利美丽的皇后。那是浪漫的爱情，仙女传奇。故事从弗朗兹约瑟夫一世在山中邂逅自然率性的茜茜公主开始，到二人步入婚姻殿堂，茜茜公主开始接受做奥地利的皇后结束。但是，很少有人知道之后的故事。

如果说玛丽娅·特蕾莎是权力和智慧的象征，茜茜公主就是一个有着现代色彩的形象。像当代的戴安娜皇妃一样，茜茜公主有着让奥地利人骄傲的美丽容颜，据说，她身高170厘米，体重45—47公斤。她18岁时腰围是66厘米，而50岁时，她的腰围是69厘米。她有着及腰的长发，每天要花两小时打理。当侍女为她梳头时，她则在读诗。

在她的寝室旁，是她的健身房，那是一个女人对美丽的不懈追求。

因为与既是姑妈又是婆母的皇后不睦，茜茜公主每天生活在不快乐里。她因为不喜欢宫廷生活，曾含泪对弗朗兹约瑟夫一世说，如果你不是一个皇帝，该有多好。她育有四个子女，两个大女儿先后夭折。唯一的儿子罗道夫王储在他 30 岁时自杀，给了茜茜公主强烈的刺激。从此她开始了不安定的生活，不断旅行。1898 年，她在苏黎世街头，被一个无政府主义者刺死。

那只是一个小小的刀子，当茜茜被刺时，她居然不知道被刺，以为是被窃。她挣扎着回到旅馆，才被发现胸部的刀口，不久即气竭身亡。

茜茜公主去世后，深爱她的丈夫关闭了她日常用的小梳洗间，再也没有开放。

茜茜纪念馆藏有一个大理石雕像，是逝世时的茜茜公主，大理石的洁白衬着苍白美丽的茜茜公主，端庄高贵，有让人心碎的尊严。

我曾想，也曾问过别人，为什么人们喜欢茜茜公主，她并没有像玛丽娅·特莎蕾那样使一个王朝兴旺。我得出的结论是，人们喜欢她，是因为人们喜欢她的美，她的纯真，她的忧伤，就像对戴安娜一样。没有人对美熟视无睹，也没有人对美被毁坏不感哀伤。人们喜欢茜茜公主，已经不是政治的原因，而是缘于对她个人命运的怜惜。茜茜公主的命运，是美被毁坏的悲剧，当我们在得知她的身世后，再去看她那美丽的眼睛和别致的长发时，对美的怜惜就格外强烈。

古老的维也纳

从知道维也纳这个名字，就知道它与音乐连在一起。

这是个古老的城市，整座城市在一条环路中。这条环路，跑着老电车。

老街、老电车、石头路，整个城市充满浓重的文化气息，整个城市的风景被一条环形老电车完整地包围起来。这种老电车就是中国哈尔滨20年前废弃的摩电，而把老电车承载起来的路，就是今天哈尔滨还存有的石头道街。到了欧洲才知道为什么哈尔滨曾被称为“东方小巴黎”，也才知道这些年哈尔滨人在城市建筑上犯了怎样不可改过的错误。当大桶的沥青浇在石头道上时，汽车是跑得快了，城市的风貌也消失了。沥青盖住的，不只是石头，还是这个城市的文化、历史和灵魂。现代的公交车代替了慢悠悠的摩电——那会动的房子，那脚下有两条辫子，头上也有两条辫子的精灵。是不是只有高速才是人类发展的象征？是不是只有改变才是人类发展的需要？是不是舒适实用是人类唯一的要求？除了物质，人们还要不要知道自己的历史和审美？

是不是五千年的历史太深重，中国人才不惜财力不遗余力地折腾？哈尔滨的摩电没了，北京的四合院也在消失。难道只有摧毁一切旧有的，才能换来一个新世界？

歌德坐在城市中心的街道上。那个青铜的雕像，头上肩上落满了鸽子。这个人，是文学史上少有的拥有完美生活的人。在创作上，他的《浮士德》无人超越；在理论上，他的《歌德谈话录》至今还是经典；身家上他是魏玛公爵，生命上他长寿到80好几。

我站在他的脚下和他合影，他很高大，狂放不羁；我很小，很拘束。他是铜人，我是活人。

走在夜的街里，青年三五成群，唱着歌，肩上扛着啤酒。我知道，这里是属于他们的，夜晚更是属于他们的。

在这个古老的地方，有多少人曾经像他们一样生活过。那是很久以前的事情了吗？

仿佛那些伟大不朽的灵魂还停留在这个传奇城市的每个角落，脚下的每一块砖石，都镌刻着那些名字，那是真正的星光大道。歌剧院上的雕像有歌德、席勒、莎士比亚、莫里埃。马拉编剧和构想的地方是一个宽大的大厅，当年艺术家们在此喝酒、聊天，当马拉对自己的艺术不满时，会把谱子摔在地上。仿佛今天的我们还能听到那声音。不同座位不同的价格。200欧元的中间席位，三个欧元的站票，当然，还给绅士们一支拐杖。而四个欧元的坐票，是在舞台两侧的盲点处。听华格纳的四个小时的歌剧时，观众可以拿着谱子听演出，尽管看不到演员，但有位子，也是很好的享受。同去的姐夫说他要听两次，一次买200欧元的中间席位，一次买三个欧元的站票。

我们在一个多瑙河边的餐馆吃中饭，点了著名的维也纳烤肉排。维也纳的饮食，精致细腻，做工考究，一道烤肉，慢慢地烤起来，厨子们耐着心性，不温不火。我们就喝着红酒，坐在阳光下面，看多瑙河微波荡漾，让人想起约翰施特劳斯的《蓝色多瑙河》。有人吃完饭走了，划着小船走。饭后的甜点是美味的欧洲冰淇淋，也许是因为地中海灿烂的阳光照耀，欧洲的水果格外芳香浓郁。在来之前，我们知道这里还有一种特殊的甜菜酒，因为赶着要去布拉格，竟没有时间去品尝。姐姐说就留下这点遗憾，让我们下次再来有一个好理由。

游查理四世大桥

查理四世大桥是布拉格的象征，它大概是世界最古老的桥了。这座桥上游人如织，美丽的女吉他手穿着一袭黑衣坐在栏杆下面拨弦，当夜幕降临，包着绣花头巾的她会在身边点上一盏盏小烛灯，美丽幽然，带着一点儿喉音的忧伤的歌声和着断断续续的乐声缭绕在桥上，在河上。

我坐在她的对面，不想离开，不想回到真实的世界。我好像早就知道这里，了解这里，属于这里。在那一刻我好像丢失了我的灵魂，又像找到了我丢失的灵魂。所有我经历过的道路和我即将经历的道路，是不是就像两条线交叉在这里，如果是，哪怕所有过去的和没来的都是黑暗，只要有这一刻，有我面对伏尔塔瓦河，面对查理四世大桥，面对一盏盏小灯中美丽的女吉他手，一任乐声和歌声飘浮在我心深处的这一刻，我生命里所有悲哀、失望、苦难都得到了报答。

我的灵魂就那样停在那一夜。在那里，我不能感知时间和空间，我只是坐在那里，望游人如织。

你让我想起太多的桥了。

此时，我坐在这个十一月的异乡的夜晚，窗外的树上还挂着待落未落的叶子。春天的欢欣和夏天的茂盛已成往事，甚至初秋的斑斓也倦怠了，然而那叶子依然让我联想起许多往事。就像在桥上那揪心的一瞬，我听到心深处的裂帛一声，但那时，我还不知裂开的是什么。

现在我知道了。那天地的美景，清洗了我被尘世蒙蔽的心灵，让它在奇妙的宇宙中清醒过来，就像一个初生的婴孩，她的痛苦与欢欣，都达到了极致。

夜晚的伏尔塔瓦河上金色和黑色的波光，是光明和黑暗的对比，是明亮与黯淡的合弦。不是亲眼看到，很难想到金色和黑色能那样和谐地交织在一起。坐在桥头深思的斯梅塔纳，面对夜晚波光粼粼的宽阔的伏尔塔瓦河，深情优美的旋律在心头回响。斯梅塔纳在歌唱他的祖国，而我们听到的，已不再仅是他的祖国了。

真正的美带给人的，不是眼的愉快，而是心的狂喜。

美丽幽深的布拉格，安静而狭窄的街道，让我想起卡夫卡和他的超现实小说，想起电影《布拉格之春》中那油画一样浓烈的背景与深刻的思辨，人物的命运来自米兰昆德拉的《生命不能承受之轻》，想起人生不可知的选择、逃避和偶然。桥对面是歌剧院，华格纳的大歌剧《尼伯龙根指环》正在上演。昔日用于发电的水车安静地伫立在夕阳温暖的斜光里，已成为纪念的象征。我眯起眼睛看世界，夕阳下的布拉格一片金色，移步易景，美得梦幻，美得离奇，美得不真实。我站在大桥上回首眺望，仿佛在一个虚幻的梦里。我不敢回头，也不敢移动，生怕回过身时，发现身后是一片荒漠，而我，真的只是在梦中。

只是在梦中。

我可以无视许多，比如天空由浅蓝慢慢地幻化到深蓝至到午夜蓝，比如那么多游人在我身边穿梭般掠过，比如伏尔塔瓦河平静安宁地流淌，从上游到下游。但我不能无视自己内心，我内心的某些东西，就那样停在了这座古老的桥上，直到今天，都没回来。

萨尔茨堡——音乐之魂

去奥地利，一定要去萨尔茨堡，就像去欧洲一定去维也纳。

我们去的那天是一个明朗的晴天，所以，我眼里的萨尔茨堡，充满夏天干燥的阳光和新鲜的青草气息。与以往游名胜古迹不同，我在这里感到的不是历史的厚重与文化的悠久，而是弥漫在空气中的醉人旋律。

美丽的萨尔茨堡，不仅因为它的迷人风光闻名，更以是莫扎特的出生地著称。这里山灵水秀，山川氤氲而有气势，水色清明而有玉之温润。钟灵鼎秀，宛如仙境，这样的地方，注定是为音乐和音乐家而设。

在音乐史上，莫扎特是一个天才人物，甚至自视甚高的华格纳，也对他评价最高。莫扎特六岁进入宫廷演奏音乐，因此成名，到 35 岁谢世。他短暂的生命，留给后人的是一份浪漫而凄美的故事。

莫扎特与贝多芬不同，贝多芬是历经磨难，饱受痛苦，最后失去了听力又变成了盲人的音乐家；莫扎特则是少年得志，“他从头至脚，就是个天才”，华格纳这样评价说。华格纳是个有英雄倾向的音乐家，他没把这个桂冠给贝多芬，而是给了莫扎特。

来到莫扎特的故居，才明白如果从环境决定人的角度看，莫扎特占据了天时地利人和。

莫扎特的父亲是宫廷音乐家，他创作的舞曲优美流畅，在某个角度上，莫扎特继承了其父的特点。莫扎特的曲子华丽优美，节奏明快，每个小节都有变化，绝无抒情，然而情尽在其中。莫扎特的音乐，有童稚的情趣，跳跃明快，而整体成熟完美，天籁自成。

莫扎特的故居，小而别有洞天。这里有他弹过的小钢琴，六岁时写的琴谱，下笔成曲，没有任何修改。小小的厨房，是莫扎特童年生活的摇篮，窄窄的露天走廊，不知莫扎特是否曾在这里仰望星空。

莫扎特是一个万人迷。美丽的女人像世间所有美丽的景物一样激发他的创作，因为美丽的女人不只给他美丽，还给他爱情。

莫扎特的一生，短暂而充满诗意，他的一生，音乐、舞会、荣誉、爱情，无处不在，尽享美酒香草，就像他的小步舞曲一样华丽动人。

在他的卧室里有一张小床，床上的莫扎特是一个婴儿，但看他的脸，又是一个老人，这是一个有意味的设计。他出生，就已经具有了老人的智慧，不禁让人感慨唏嘘。在他活过的 30 多年里，缔造了太多的传奇和天才的故事。

只是如今，商业气息也充斥着这个世外桃源。在旅游集中地，许多巧克力店的门前，都有莫扎特真人那般大小的雕像摆在门前，手捧着以他名字命名的巧克力，颔首微笑。许多去过这里的人都说这里太商业了，当地人把莫扎特卖了，当作一个品牌巧克力。

然而，美丽的却只有音乐，不可替代的，也只有音乐。

萨尔茨堡的另一个骄傲是，电影《音乐之声》是在这里拍摄的。坐上音乐之旅的大车，我们经历了整个电影的过程。优美的歌声在美丽的湖光山色中回荡，那是心灵放松的享受。

晚上，我们在山顶吃晚餐。美好的晚宴也沾上了音乐的神奇，餐后甜点是在五线谱上跳跃的音符。然后，我们去听在城堡里的举办的室内乐。上山时正是夕阳西下，萨尔茨堡在光和影中变换着它清秀俊美的容颜，天地之间，一股氤氲之气陡然之间从头顶贯穿脚底，在我被它摄魂夺魄之际，萨尔茨堡美轮美奂。

慕尼黑一日

德国的慕尼黑是我们本次旅游的终点，这里也是茜茜公主的故乡，但我们已没有时间重温旧梦。我们的行程是参观那里最大的科技博物馆。问路时很巧地遇见一个家庭，一对夫妇和三个孩子，男主人非常友善，说他们也是去博物馆，他们带足了食物和衣服，准备在那里玩上一整天。

这个博物馆占地巨大，有十公里长，内有几十个分馆，如照像机馆、乐器馆、航天馆等，每个馆都是这一部分的历史。孩子们不仅可以看，在某些馆，如航天馆里，还可以进宇航飞机内亲身感受，仔细观察。我们在那里看到许多家庭，与外边寥寥无几的行人相比，这里热闹非凡。近年来德国快速发展，我相信这个国家会强大，是因为我看到了国家对教育的投资和对儿童的重视。

一个民族的希望在于儿童的教育，这个教育不是灌输，而是尊重保护他们的爱好和好奇。只有当教育摆脱了只为衣食官禄，而成为人类探求自身的内在愿望，才能让民族受益。

德国的啤酒是所有饮料中最便宜的。慕尼黑是世界啤酒销量最大的城市，每年的啤酒节也是热闹非凡，极为隆重，可惜我们去得太早，没赶上。德国人的饮食，与维也纳的饮食完全不同，大碗酒和大块肉，让我想起梁山好汉。餐馆的菜码大得出奇，半个蹄膀或半只鸡摆满一盘，没有配饭。但街上却几乎没见北美常见的胖子，我想这应该是自然食物的原因。

虽然慕尼黑被称为德国最高质量的城，其生活节奏却很有古风，星期天所有商店都关门。在北美，几十年前也这样，如今，商业占据了生活的主流，越来越多的商店 24 小时营业。而在欧洲，星期天依然是人们与上帝一起休息的乐园。

在欧洲的最后一个傍晚，我们坐在慕尼黑市中心广场餐馆，在阳光中喝酒吃肉，耳边是流浪艺人快乐的演奏。有人在演奏小提琴，那是两个流浪艺人，我们买了他们的 CD。有人把三角钢琴也拉出来，身穿燕尾服在大街上演奏，就像在音乐厅中表演一样，一丝不苟。还有一个画家安静地坐在数米长的画卷上，无视身边热闹的场景和嬉闹的人群，一笔一画地专心画着德国美轮美奂的天鹅堡。欧洲是艺术家的天堂，只有来到这里，你才能深切感到人类的文化是怎样发展生息，而艺术又是怎样以它独有的魅力，滋润着人类的心灵，使他们不至于在愚昧和压抑中迷失。

所有的权力和财富，在人类用灵魂培育的艺术面前，都黯然失色。就像没有人记得那些庸庸碌碌的皇帝，尽管他们曾经锦衣玉食，权力无限；人们永远记得的，是那些永恒的艺术家，像荷兰人怀念梵高，奥地利人怀念莫扎特。虽然梵高生前贫困交加，莫扎特死后葬身坟场，至今无法辨别出他的坟墓。但是他们却成为一个国家的象征和一个民族的灵魂，成为世界的精神财富。

明天我们就要走了，回到加拿大。

欧洲，我在我转身离去的地方驻足长立。我知道，我还会再来，为了真实地去体会过去的历史，为了知道和懂得，我曾经来过的这个世界。

环游斯坦利公园

旅游是人类开拓视野的最好方式之一。中国古语中说得好，“读万卷书，行万里路。”对于读书和走路的关系，犹太人的箴言里有一句话：“只旅游不读书，走万里路也不过是个背包邮差。”与之相对，有句话可以做下联：“只读书不旅游，读万卷书也不过是个有脚书橱。”

如今什么都发达，在网上就知天下事，但人们还是尽可能地利用时间和金钱去旅游。为什么呢？因为旅游让我们看到的不仅是风景，还有在那一时间、那一空间发生的故事，这是坐在家中的秀才不能知不能闻的。那是流动的艺术，不可知的未来。

我和先生不是常去旅游的人，去温哥华时，也没有什么准备。只有两天的时间，以为最多就是走马观花。到达的当天我们就上了轻轨，直奔市中心而去。

在车上，我们遇到了一对老夫妇，正是他们让我们改变了行程。老先生说：“市中心有什么好看的，你们应该去斯坦利公园，那才是温哥华的美景。你们沿着这条路走，”他在地图上画着说，“在这里，吃一个冰淇淋，然后就上岛，转一圈，很好的锻炼。”

“走一圈要多少时间呢？”我问。

“两个半小时就够了。”老人说。看他雪白的头发和在他身后一直点头微笑的老太太，我想他们用两个半小时，我们两小时足矣。

我们下了车，在大街上闲逛了一会儿，就向海边走。温哥华的海边，阳光明媚，蓝天白云，桅杆高耸，宛如人间仙境。我们盘桓良久。太阳照下来时非常温暖，那时我想，坐在海边的长椅上消磨一个下午，也是不错的选择。浮生难得半日闲，何况在美丽如画的海边。

然而我们还是向斯坦利公园开拔了。因为那一对老夫妇陶醉的表情，向我传达了一个神秘的信息。

刚刚踏上岛，就见斯坦利先生的铜像伫立在那里，好像一个入门的标志。身前身后很多人，有徒步走的，有骑自行车的，有坐马车的。先生问我：“咱们徒步，行吗？”“没问题。”我充满豪情壮志地说。脑子里出现那一对老人的笑脸，他们正向我频频点头。

岛是一个长圆型，手里的地图上画着地标。我们开始走时，走得很快。

走到第一个地标，一个小塔时，我感到累了，但那时还有不服输的劲头。丈夫个子高步子大，走得也快，我的个头小，脚下就要倒腾得快一点，好在他总在等我。有一段时间他拉着我的手走，后来我发现这样貌似是帮助，但实际上让双方都失去了平衡，反而走得累了。于是我们分开，调整好各自的姿势，摆出一副竞走的架势。先生肩负了所有随身物品，我轻装上阵，还是很快原形毕露，成了软脚螃蟹。这让我们想起刚结婚时我们去庐山旅游，九江的天气很热，我们也是这样走在晒软了的马路上，他也是这样帮助我。

“我不想走了。”我耍赖地说，“脚很痛，小腿也酸酸的。”

“那怎么办？回去的路更长。”先生一边看地图一边说，“再坚持一下，前面就有长椅可坐了。

有一段路很窄，自行车道被取消了，人行道紧挨着悬崖，大海在脚下数丈。我低头看时，巍巍乎我在高处，颇心惊胆战。走过这段路，海平面陡然低下来，胖胖的海狸正在一块石头上蹭着他的身体。几只海鸥飞过来，落在水泊旁边，把海星叼起来又放下去。一只野鹭站在海边，一动不动地眺望着大海。它站得那样长久，那样纹丝不动，让人怀疑它是一尊雕像了。当我们几乎这样确认时，它却突然转了转头，颈下的一缕长毛随风而舞。我们忍不住大笑起来。

笑让我们放松，我们又开始走了。漫长的海岸线，有一段路很寂寞，水也喝干了。茫茫的海面上没有船，路上也没有长椅。我们的任务就是走，这次的路途很长。

最早看到三号沙滩时，以为看到了海市蜃楼。陡然出现的金色海滩，让我感到一种到达目的地的轻松。沙滩上有很多晒太阳的人。粗大的圆木横七竖八地躺在水岸之间，宽得像一张床。我就势躺下来，脚埋在沙子里，很快就睡着了。

然而这里不是目的地。先生一直在查地图。他说也许我们可以找一条捷径。我们爬上山，发现山上路很宽，却只有汽车道。

于是返身下山，沿着人行道重新向前走。

当大片的高山雪莲在前面时，我知道它们在等待我们。那美丽耀眼的花朵，让我忘记了疲倦。终点到了。

我们终于走出了斯坦利。没有捷径可绕，也没有回头路可走，在筋疲力竭时除了休息然后上路之外，没有选择。虽然一度很羡慕别人的自行车和汽车，还是要靠着自己的力量，走出迷途。坚持，就是胜利。当然，你可以选择是笑着走，还是哭着走。还有，大海上每一道风景，每一个生灵，都只有坚持走下来的人们，才能看到。

那一天，我们在无意之间，给了自己一个难忘的礼物。不善走路的我们，走了四个小时，我知道那其实是一生的路。

那一天，是我们的结婚纪念日。

野兽饥饿

虽然在国内时喜欢吃西餐，到了蒙特利尔，反而十分怀念家乡的饭菜。于是朋友之间的谈资是如何炮制家乡的美味，午饭时最大的精神会餐也是纷纷介绍自己家乡的小吃如何好吃。吃，成了我们这些移民在工作之外的另一个渴望。在渴望之时，我们像一群蛰伏的动物，开始为自己可怜的胃找食了。

鉴于刚到加拿大的“囊中羞涩”和对唐人街半中半西的中餐的反对，我们最初的行动是自己动手。

第一道是面食。吃了几天洋面包之后，就怀念起家乡的大白馒头，半斤一个，薄薄的面皮里面是结结实实的呛面。于是打电话给千万里以外的妈妈。妈说好做，把面发酵后，揉成一个个小圆馒头，放锅里蒸 20 分钟就好了。

说干就干，一切严格按程序走。锅里的水咕嘟嘟地开着，白白的热气咻咻地叫着，透过玻璃罩看里面的大馒头，白白胖胖，心里别提多高兴了。口水不争气地在口中转，好像要流下来。餐桌上早就摆好了稀饭、凉拌菜、热炒菜，全是为大白馒头准备的。20分钟到了，揭锅！

坏了！锅盖一揭，眼见大白馒头在雾气中缩了回去，像变戏法一般，一分钟内，白白的面皮变成了像用开水烫过一样的黑黑的皱皮。拎出来一尝，又硬又粘，全然不是理想中的家乡馒头。儿子皱着小眉头狐疑地左看看右看看，看了半天说了一句话，“不像馒头”，走了。

心灰意懒之际忍不住到处打听，才知道加拿大的面粉与中国的不同，是高筋面，发酵后揉成馒头后要再发酵，上锅蒸20分钟，不揭锅盖，放15分钟后再揭锅盖，馒头才成。

于是再试，可还是不成。没办法，只好断了蒸大白馒头的念头，不再试了。

过了大半年，是圣诞节的时候。有天去朋友家吃饭，竟吃上了日思夜想的大白馒头。忍不住与朋友絮叨自己屡试屡败的战绩，把程序与朋友的制作方法两相比较，别无二致。于是二人也不顾旁边哗啦啦搓麻将的诱惑，抵足促膝，仔细研究。说到蒸锅时，朋友狐疑地问：“是玻璃盖的吗？”我说：“是呀，”朋友问：“锅盖上可有气孔？”我说：“有呀。”朋友一击掌：“这就对了！把气孔堵上。”我说怎么堵？朋友说：“管它怎么堵，堵上，馒头就成了。我以前就因为气孔蒸不成馒头，我有经验！”

第二天迫不及待地试，馒头果然成了。这才明白为什么在加拿大找工作要经验。

馒头蒸成之后，就经常想起家乡的干肠。老公说：“想有什么用，咱自己做。”

第一步，还是打电话给祖国大后方，一字一句记下干肠配料。然后打电话给会做广式香肠的同学，知道在帕拉同地铁附近的一个越南人杂货店里有肠衣卖。接着去超市，买那种连皮带肉的特价肉。最后老公兴致勃勃地从商店拎回一架绞肉机，又去一元店买了一打小漏斗，从中选出一个号码与绞肉机出口一样的，把绞肉机的切刀改成螺旋刀，准备工作宣告完成。

我至今难忘我与老公的切肉生涯。

选连皮带肉的特价肉的终极目的，是让它成为一寸见方的小肉块儿。这就要求我们先剔骨、剔皮，再切肉。开始时老公操刀，我端一杯红酒边喝边督战；然后我操刀，老公在一旁指手划脚。半小时后我腿酸手麻，场上再次换人。反复数次，终于有了庖丁解牛之“恢恢乎其于游刃必有余地”之感，不由人不感叹“要想知道梨子的味道，就需要亲口尝一尝”的真理。

满满一小盆一寸见方的小肉块儿密密匝匝地挤在一起，刚刚拌了糖、酒、酱油之后，在夜晚的灯光下，闪着鲁菜特有的光泽，散发出诱人的香味。不知怎么想起以前看过的一个童话，里面一个小花生的理想是“长大要当花生酱”，于是想这些小肉块儿马上就要实现他们的理想，要当腊干肠了。

小肉块儿挤在绞肉机里，出来就被装在肠衣中，成了香肠。老公像拿婴儿一样，轻拿轻放，整整齐齐地把它们码在阳台上晒了三天，圆圆润润的香肠在阳光和空气的作用下慢慢地瘦下来，就像脂肪变成肌肉一样，精精瘦瘦，结结实实。用小刀一片片切下来，薄薄的，在灯光下晶莹透明。掂一片尝尝，满口余香。想起上大学时的夜宵，就是这样的腊干肠。

望着这几丈肠子却也发呆。屈指数着亲密的朋友邻居，一截截地切下来用纸包好。看看自己那份儿，已经所剩无几了。

就这样学会了蒸馒头，做腊干肠，然后又学会了磨豆浆，接着又和同学相互鼓励学会了酿米酒。晚餐时我们团团坐着，喝自酿的米酒，吃大白馒头、腊干肠。中秋时我们还做月饼，正宗的五仁儿月饼。我曾笑着对老公说："采菊东篱下，悠然见南山。真没想到，咱到了加拿大，居然回到了手工时代，自给自足。"

当手工操作成为一种快乐时，尝试也刺激着我们的好奇心。有一天一个好朋友对我说，她在唐人街看到了一种东西，盒子很破很旧，她敢肯定那是做豆腐的。然后，她用满怀期待的眼睛望着我。

我犹豫了片刻，一种渴望和疑虑同时袭上了我的心头。我说："要不，咱们接着做豆腐？"

身边的玛丝洛娃

这世界上每个人境遇不同。有人一出生就有一张温暖的床，有人一出生就开始了闯荡世界的旅程，有人一出生就父母双全，有人一出生就开始见识各色人等，把自己的衣食住行寄托在遇到什么人身上。我在加拿大遇到的吉娜就是后一种人，这个美丽温驯的女孩，刚出生时就被抛弃在医院门前，一个护士发现并领养了她，成了她的母亲，这位护士叫玛丽。

玛丽是一个瘦小的法国女人，长一头金黄色的头发，脸上总是泛着一种病态的潮红。如今肺痨已经不算难以治愈的病，但是可能因为是家族遗传的疾病，玛丽的肺痨一直没有被治愈。

玛丽最终病死在医院里时，吉娜刚刚七岁。七岁的吉娜很瘦小，安静地站在玛丽的病床前，穿一件粉色镶边的连衣裙，有些老旧，不知是从哪里找来的。她像一个等待拍卖的小动物。

吉娜长着一张圆圆的脸，一双有点斜的眼睛，那双温驯的眼睛是一种柔和宁静的灰色，与她洋娃娃一样的脸相映成辉，让人顿生怜悯之情。

我许多次想起吉娜坐在玛丽床前的模样，她那稍斜的眼睛让我想起玛丝洛娃。没有人知道玛丝洛娃小时候长什么样，托尔斯泰笔下的她，出场时就是一个年轻的姑娘，她是通过聂赫留道夫开始痛苦的一生的。但当我看到吉娜时，我恐惧自己这样的想法，我看到她温驯的、有点倾斜的眼睛，那种可爱而毫无防备的神情，让我对她的未来充满担心。

吉娜是被一个同玛丽一样干瘦的人领走的，那是个背已经有些弯曲的男人，刀条脸，一把刮净了还有浓重阴影的胡须。像玛丽一样，他也有一双有些压抑的眼睛，那双压抑的眼睛，同吉娜那天真无邪的温驯的眼睛形成鲜明的对照。

开始我以为那是玛丽的亲戚，但后来露西告诉我，那男人其实是玛丽的男朋友。

吉娜就这样转移到了另一个家庭，七岁的女孩与一个老男人生活在一起。

到了十岁左右，吉娜长成了一个小胖子，外形还是那么可爱，只是眼神里露出一种羞怯。

十四五岁时，吉娜扎了耳洞。然后她就爱上了耳洞，在不到一个月里，吉娜在她那圆圆的像小元宝一样可爱的耳朵上打了三个耳洞，然后给每个耳洞都戴上了耳环。她并不喜欢大得夸张的耳环，她只用一种黄豆粒儿大小的圆圆的珠子。吉娜把一排珠子排列在她的耳朵上，明晃晃地耀眼。她个子也长高了，逐渐瘦下来，瘦成一个清秀苗条的身材，但还是那样可爱的模样，还是那一副温驯的神情，一双人们见了就喜欢的眼睛。她开始不大与人交流，喜欢吃甜腻腻的食物，尤其喜欢吃一种像胶皮一样有弹性的糖。那种糖被做成小熊的模样，有各种颜色，红小熊是樱桃味道的，绿小熊是苹果味道的，黄小熊是柠檬味道的。

夏天时吉娜去医院做义工，照顾一个颅骨手术的老人。为了缓解痛苦，医生给她一个小水烟壶，让她给老人吸。

有人看见吉娜同老人你一口我一口地吸那小水烟壶。后来吉娜被医院辞退了，老人还一定要找吉娜，称她是最好的看护。

18 岁生日时吉娜喝醉了，她的同学说："送你回家吧！"

吉娜说："我没有家，我再也不想回去了。"吉娜掀起衣服，露出鼓鼓的肚子。

吉娜的同学报了警。人权委员会派人来，带走了那个络腮胡子的刀条脸男人。

我不知道吉娜去了哪里。后来有人在妇女避难所遇到过她，她怀里抱着一个小婴儿，又胖又迟缓，不说话，只是一直微笑着看她怀里的小婴儿。吉娜改变很多，唯一没有改变的，是她那双灰色的温驯的眼睛。

我知道那络腮胡子的男人不是聂赫留道夫，吉娜也没有被判刑去寒冷的西伯利亚。精神的赎罪不是每个人都能做的，而宽恕也不是容易的事情。吉娜还在避难所里，她怀中的婴儿，她叫她玛丽，我想吉娜还怀念着玛丽，那个第一次把她从地上拾起来抱在怀里的女人。玛丽不是她的母亲，但她确认玛丽是她的亲生母亲。吉娜不知谁是亲生母亲，那对她陌生而遥远。

小玛丽比吉娜幸运。如今她躺在亲生母亲怀里，像吉娜小时一样天真无邪。我只愿她一直都能得到母亲的呵护。

作为一个异族人，我对西方人的大麻文化不甚了解。还是在夏日看露天电影的广场上，我知道了弥散在身边不能忍受的臭烘烘的味道，就是大麻的味道。依据加拿大的法律，每人可以合法拥有若干量，写明是为病患者缓解疼痛，但在很多情况下，这成了一个借口。当然这若干量，对于瘾君子是完全不够的，于是他们不仅在小公园里私下贩卖，还在公开场合强调自己的需要，认为这是人权的一部分。在温哥华就有大麻党集会，每年集会的内容，就是坐在中心广场吸大麻。我也曾目睹大麻在荷兰的盛行。在荷兰机场有三种东西标志着荷兰人的骄傲，那就是割掉一只耳朵的梵高，大有两尺、小只盈寸的海盗船，均匀排列的羊齿类植物大麻叶。在阿姆斯特丹的街道上，咖啡店事实上是吸大麻用的，而茶店才是真正的咖啡店。

有一段时间，我迷上了英语肥皂剧《老友记》，每个晚上都在哈哈大笑中度过，后来有一次我流了泪。那一集，瑞秋交了一个男朋友，是个心理学家，同时也是一个瘾君子。他来到瑞秋的公寓，从西装口袋里掏出一包糖，然后不停地往一个玻璃碗里面倒，一边倒一边说："小熊落水了，小熊落水了。"我开始还不明白，后来身边的朋友解释说："瘾君子们吸了大麻之后，最爱吃的就是这种胶皮小熊糖。"

我走到窗前，望着窗外的街道哭了很久。书中的玛丝洛娃只是一个文学形象，而身边的小吉娜，那个洋娃娃一样的女孩，却真实地生活在我的身边。

失　语

丈夫吵架从来吵不过萧萧。刚结婚时婆婆看看萧萧的嘴唇说："都说嘴唇薄的人能说会道，我见你的嘴唇也不薄，怎么这么能说。"

当时萧萧是新嫁娘，不好意思驳婆婆的话，罕见地装傻一笑。其实她心里想，能说不能说是看脑子里有没有东西，脑子空空，能说也是空空，跟嘴唇有什么关系。

在国内，萧萧靠说话生活。刚毕业时她当中学老师，讲台下眨着五十几双小眼睛，萧萧是那种有台缘的人，人越多她讲得越精彩。后来她去报社当记者。报社的生活，每天都像刚出炉的面包那么新鲜，她还愁没的说吗？清晨碰头会一过，几路记者撒出去，到傍晚截稿时，每个人不仅带回当天新闻，还带回许多花边和笑话。聚在一起说过笑过交流过之后，还不过瘾，就提起笔写在评报栏下边。各色笑话铺天盖地，惹得报社笑声一片，比报上的新闻好玩多了。

那时的萧萧，是一个有演讲力，有模仿力，幽默、诙谐、生动的人，在公众场合，她潇洒自如。

出国了，萧萧反而当起哑巴来，为什么？因为语言。

最早去学法语，那在喉咙处发的音，让萧萧头痛欲裂。中文是单音节，法语却是上下连成一片，萧萧学法语时，有一种憋闷的感觉。本来她是个机灵人，如今却成了木头一桩，原来采访时那尖锐生动的语言，竟消失得无影无踪。学到中期痛苦日深，那时她对法语半懂不懂，老师提的一些问题，比如中国的计划生育政策、西藏问题，她都明白得很，却表达不出来。她的真知灼见，藏在肚子里见不得天日，真是急死她了。

什么叫茶壶里的饺子，她以前都是听人说，现在她都经历了。当她听懂了问题想说明白却不知如何说时，当她搜肠刮肚地找词却找不到时，她失去了伶牙俐齿的本钱。

夏天时她回国了一次，见到昔日的同学同事，她高兴极了，想着这几年憋在心里的话，终于有一吐为快的机会。想起大学时舌站群儒气贯长虹的演讲会，她就忍不住笑，那是多么淋漓酣畅的日子啊。

倒过时差她就开始频繁赴宴，美味佳肴，美不胜收，她大快朵颐。然而，让她遗憾的是，她却再不是座上那个谈笑风生的人。

她突然发现，在同学们的嬉笑调侃中，她插不上话；在同学们提起某事的会心一笑中，她懵懂茫然；当他们说起笑话，她居然笑不出来。

她惊讶地发现，她脑子里的某个机关好像被关掉了一样，她突然失语了。

她知道，那是某些她所不知道的故事，某些她错过的时光，某些她不懂的内涵。还有，在无知无识中，她对幽默的理解，也发生了改变。人们笑时她不笑，是她不知道哪里好笑；有时她笑了，别人却不笑，也不明白她为什么笑。这个，是属于文化领域的原因了。岁月这只大手，蒙住了她张望的眼睛，让她无法再续前缘。

她现在知道的是加拿大的今天，中国的过去，而一直向前走的中国，她已经不在那里了。

迎春的第一个工作

迎春进这个公司时有点不顺，面试过了许久也没有回音。打电话问时，不是总裁不在，就是主管病了。终于有回音了，工资又比原来说的低很多。但迎春依然很高兴，这毕竟是在加拿大找到的第一份工作。

部门有七八个人，除了主管全是年龄在 50 岁上下的女士，她们自称是五十俱乐部。培训迎春的是琳达。琳达说得很漂亮，就是忙，顾不上教迎春。看琳达每天忙着同其他人说笑，忙着喝咖啡，忙着到主管那儿打小报告，迎春心里很着急。她就找琳达说："我什么时候能开始学习？"琳达睁着那双浅棕色的眼睛，胖胖的手指敲着桌面说："这个这个，这个很难的，整个部门就我一个人用这个软件，你准备好了吗？"迎春说自己准备好了，琳达又矫情地说："可是我没时间啊。"迎春忍一口气说："那你下班后抽点时间行吗？"琳达的眼睛瞬间就睁得老大，说："下班不回家？疯了？"迎春这才知道下班不回家是疯子的做法。

迎春是那种小巧玲珑，看不出年龄的女人，纤细苗条，黑亮的头发骄傲地披在肩头。有天莎拉抱怨自己两个青春期的孩子多难缠，迎春说："我理解，我儿子 15 岁。"莎拉就用异样的眼光看她，走了。后来琳达玩笑说："你几岁生的儿子？"迎春才明白她们的意思，就说："我 40 岁，25 岁生的儿子，怎么了？"

接着就有人来问迎春喝的是什么茶，是不是减肥的，是不是让人年轻。有天公司有招待餐，迎春因为饿了一个上午，吃得格外香，先吃了一大块牛排，又吃了一大盘色拉。吃完了一抬头，看见莎拉坐在她对面，眼睛和嘴张成三个大问号，说："哇，你真是大吃家。"迎春说："唔，现在我为我的身材骄傲了，那是我父母给的。"

迎春的工作总是遇到问题，做一点就要去问琳达，琳达每次都不耐烦，还大声地说迎春做得慢。迎春本来是个心灵手巧的人，让琳达弄得很没自信。有一天正着急，忽听琳达和莎拉在隔壁说话，莎拉说："那中国女孩怎么那么笨！"琳达哈哈笑说："不是，是我没全教给她。"

迎春终于爆发了。琳达没想到迎春温婉的外表下有这么大的脾气，一时语塞，瞠目结舌。

主管闻风而来，把迎春叫到他的办公室，问明真相，然后说："你放心，这样的事以后不会再发生了。"又说，"琳达以前是个很好的人，这两年脾气有点怪，大概是更年期了吧。不过，你脾气也挺大的。"

迎春有点不好意思，可怎么办呢，她也是让琳达给气的。

这之后，五十俱乐部的女士不再像以前那样了，有时她们正说得高兴，见迎春来了，就噤声，各做各的。如果找迎春有事，就说事，说完就走，那架势好像说："我离你远点，远点还不行吗？"

圣诞节前公司有个派对，酒足饭饱之后去跳舞。莎拉领舞，五十俱乐部的女士们和着节奏，跳得自然流畅。迎春有点拘谨，站在一旁看，就感到后面有人推她，她便不由自主地加入到人群中。那人扶着她，热情洋溢地跳着，迎春回身看时，见琳达正满面笑容地望着她。

没有火鸡的感恩节

每年的感恩节，天气都特别好，好像老天知道人们团聚和游玩的心情。而惠的心情却不好，在平和安详的空气中，她感到的是隐隐的躁动不安。她知道那不安是什么，却不愿深究这种不安形成的原因，因为那根本就不用解释，也无法解决。来加拿大三年了，感恩节成了她每年最伤心的日子，越是天高气爽，她的失落就越深切。因为在这个举家团圆的日子里，她的家庭，远在万里之外。

出门买菜时见 Joe 在超市门外徘徊。Joe 是惠的邻居，孤身一人。

“你今天有火鸡吗？”Joe 开门见山地问。

惠摇摇头。每年她都想烤一只，但火鸡太大了，她和孩子根本吃不完。想到要浪费许多，她就打消了念头。

Joe 说：“今天我没有火鸡，虽然我很想吃一只火鸡。”惠说：“那你到哪里去找火鸡？”Joe 说：“我去救济中心，那里有个大厅，摆了许多台子，有火鸡、色拉、饮料，许多没家的人可以在那里吃饭，当然还有我这样的。你知道，把蔓越橘和土豆放在火鸡里一起烤，那滋味好极了。”

惠说：“你今天不和妈妈在一起过吗？”

Joe 摇头，然后说：“早上我去了我妈那里，吃了色拉。她开始烤火鸡时，突然有电话来，那电话是打给我的。你知道我没有电话，而这个电话居然打到我妈妈家，他们知道我的名字、地址，还知道我的生日。他们说恭喜你啊，你赢了去弗罗里达的旅行。我就知道是假的。我说我不接虚假广告电话。我刚说到这里，妈妈就大叫起来，说她不要广告电话。如果我要，就给她滚出去。我说不是我要的，是他们打来的，可妈妈不管，她大叫起来，然后让我滚。”

惠见过 Joe 的妈妈，是个有点神经质的老妇人，夏天时也戴一副丝手套。

“我没办法。”Joe 叹道，“出门以后给我姐姐打了一个电话，她正和她的家人在一起，好像很忙。她说晚上会给我带火鸡，让我等她电话。”Joe 说到这里几乎掉下泪来，他接着说：“她知道我没有电话，我从来都没有电话，她怎么给我打电话？怎么给我火鸡？于是我知道我在感恩节里，没有妈妈，没有家庭，没有火鸡。”

Joe 说到这里，灰色的眼睛居然潮湿起来，好像就要哭了。

惠最怕这个，却又不知如何安慰，只好把眼睛别过去看秋风。于是 Joe 开步走，一边走一边说：“我去看看，救济中心有没有火鸡。”

每年的感恩节，惠都要难过，因为她想念远在中国的双亲和姐妹。但是现在，她突然感到一阵轻松。

惠决定庆祝一下这个节日，尽管她依然认为这个外国中秋节与她毫无关系。烤火鸡是来不及了，但她可以烤一点 BBQ，再来一点中国美味。现在她的想法不同了，她知道有人比她更孤独。虽然远隔千山万水，妈妈、姐姐和她相互惦念，这比近在咫尺却冷若冰霜的 Joe 的家人，让惠心里温暖得多。

种花的日子

陈安刚到蒙特利尔时，住在河边区，这里是清一色的法裔穷人。那年小武七岁，陈安不放心他放学一个人在家，就找了一个工作，打卡出入，工作时间随意。早上她把小武送上学，就去上班，下午三点，她就收工去接孩子。

这份工作，是在花圃里种花。

陈安是个开朗的人。第一天去，就认识了安妮和劳拉，都是20几岁的年轻人，干活时拎着一个坐垫，种花时趴在地上，随身还带着MP3，一边种花一边听音乐。正是人间五月天，清风拂面，阳光照得人暖洋洋的。陈安久居书斋，一下子进入如此令人炫目的大自然，心情无比舒畅。

第二天就不一样了，腰酸背痛，脸和胳膊也晒起了一层小疙瘩。安妮就教她，要戴上帽子和手套，涂上防晒油；工作时不要蹲着，要像她们一样有个长垫子，想坐就坐，想躺就躺，这样才能不累坏肌肉。

一晃一个星期过去了，周五上午发工资，这是陈安拿到的第一笔加拿大工资，虽然不多，但很高兴，接过来就放在口袋里。

吃过自带的中饭，回到花圃时，陈安发现花圃里只有自己一个人。开始时陈安还没想什么，只低头把紫罗兰移到土里。过了半个小时，她就感到不对了，人都哪里去了？她四处张望着。过了一个小时，还是没人。她几乎肯定是出事了。出什么事了？一定是大事，不然不至于所有花匠都不见了。

好在下午只有两个小时工作。她在犹豫中植完最后一株，然后去接小武。

回到家，见大武正忙着调程序。“你听新闻了吗？”她问，“是不是发生什么大事了？”

“没有，晴天朗日的，太阳照样升起，有什么大事。”大武一边把饭放在嘴里，一边紧盯着电脑，含混不清地说。

第二天是周末，因为大武在家，陈安决定去花圃上工。一是为挣钱，二是心存好奇，看看今天有没有人在工作。

进去见到三五个人零零散散地在工作。唔，花圃还没关闭。陈安一边干活一边观察，见他们一如既往，没什么改变。陈安就忍不住问安妮：“昨天下午怎么没见你？”安妮口里正咬着一粒草莓，很惊讶地说：“昨天下午你在工作？”陈安说：“是呀，没见到你们。”安妮身边的一个小伙子很奇怪地问：“那除了你还有别人吗？”陈安说：“没有，只有我一个人。”他们就大笑起来，陈安被他们笑得很不自在，说：“你们笑什么？”安妮说：“你多好玩儿呀，发了工资还工作。我们有了钱，当然享受生活了。我和阿伦去看电影了，汤米去餐馆了，劳拉去买衣服了。这是生活呀。”

陈安看她们笑的样子，第一次知道发了工资还工作是件可笑的事情。这真的好笑吗？陈安不觉得。陈安从不乱花钱，除了家用，她就把钱存在银行。几年后陈安买房子时，安妮她们还住在公寓里，照样过着周五下午吃喝玩乐看电影的日子。

日子在安妮她们的眼睛里是轻松的，就像夏天里的一个花瓣，秋天里的一片落叶。有时她们也会用羡慕的口气说起谁谁买了大房子，但是，如果让他们周五下午去工作，把钱存起来买房子，她们的痛苦远远大于去住大房子的快乐。这是后话。

自从陈安知道她们的生活之后，就留心观察。每个周五上午，安妮她们就显得很兴奋，互相探问着下午都去哪里花钱。陈安想，如果周五上午发工资，她们肯定马上就跑了。对她们来说，钱不能放在手上，好像会烫手一样。

另一个发现，就是自己的语言不够好。如果不细心听她们说话，还真是听不懂。认识到这一点，陈安下了决心，不能停在小花圃里，还是要去学习。

夏天过去时，陈安去学法语。她与安妮她们一一拥抱告别。种花的日子里，陈安不仅养家糊口，还第一次接触到当地人，接触到他们达观的人生观和乐观开朗的生活态度。当然，陈安一辈子也做不到像安妮她们那样，过了今天不管明天。但奇怪的是，陈安也不再像以前那样为明天担心了。

有什么好担心的呢？有生就有死。只须努力，总会越来越好的。

陈安在种花的不知不觉中，把这样的观念种在了自己的心里。

且行且思

母亲的个人字典

去年夏天，在漫长的工作之后，我终于有了一个长假期，回国去看我妈妈。这并不是第一次回国，却是我最迫不及待的。因为在这之前，我得知妈妈脑梗之后患上了小脑萎缩。她对名词几乎没有了概念，就连每日在她身边的弟弟，也叫不出名字了。

回去之前，姐姐给我打预防针，她说："也许妈妈不认识你了。"

然而你怎么可以不认识我呢，我是你的女儿呀。我在心里呼唤说。

飞机到达是在午夜，我推开房门，妈妈还没睡，穿一件淡蓝色碎花的睡衣正在床上坐着，看见我就站起来。她比前年略瘦一点，头发还是灰色，并没有全白。她伸出一双手，脸上是快乐的笑容，眼睛里闪着光，她说："你回来了。"妈妈的快乐让我本来晦涩和紧张的内心突然放松下来，妈妈的笑很简单也很直接，内里并没有早几年父亲去世时的沉重。那时她的笑容后面有着故作的轻松，或者，某种掩藏不住的担忧。

我和妈妈躺在床上，她把手交叉着放在我的手上，轻轻地抚摸。妈妈的手柔若无骨。妈妈笑着，很快就进了梦乡。

第二天早上我刚醒，妈妈就说：“我带你去个地方，那里有一个大房子，里面还有许多小鱼。”我说：“好呀。”北方夏天的早晨并不热，妈妈很耐心地穿好衣服，戴上遮阳帽，还把一个手提包递给我，我打开看看，里面是一个坐垫。我拉着妈妈的手下楼，她在每一个台阶上都要停一停，她的两条腿力量不一样。到了楼下，她就反过来拉我的手，向小区的大门走。我们拐了几个弯，终于到了一个铁门处，进了铁门，原来是一个公园。

我们慢慢地走。公园里的树很高，阳光细碎地撒下来，时光好像停滞了一样。我每次走在妈妈身边，都会有这样的感觉，时光停滞不前，身边的场景如在画中。妈妈先带我到公园中心，那里有一棵百年以上的梨树，用矮木栅栏围着，据说这就是“古梨园”的来历。

我牵着妈妈的手，或者，是妈妈牵着我的手，我给她支撑，而她指给我方向。按着妈妈的指点，我们绕过了大半个园子，妈妈指指园中湖水的对面，说：“我带你去看小鱼。”

我以为是湖里的小鱼，然而水下并没有小鱼。过了湖心桥，对面是儿童乐园，一些孩子在玩耍。我问妈妈：“哪里有小鱼？”妈妈指指那些孩子：“那里，”她确定地说，“那里有很多小鱼。”

我终于明白，这公园就是妈妈说的大房子，这些孩子就是她字典中的小鱼。

妈妈的病，叫作命名障碍症。当了一辈子老师的妈妈，不知教会多少孩子名词，如今，名词对她，已经是另一个含义。当她看小狗时，她会笑眯眯地叫它小猫。当她在地上看见水洼时，她会指给我看，告诫说："小心，别踩雪。"有时，又说，"别踩火。"我慢慢明白了她的名词，并能与她达到共识。其实文字在很多时候，都是约定俗成，妈妈现在只是有属于她个人的字典。

妈妈一生都是和善的人，现在依然是。我和妈妈在乘凉时遇到两个邻居，她们说："你出来了？你还认识我吗？"妈妈说："认识，我看你很好看。"邻居们就笑，另一个说："她好看，我不好看？"妈妈也笑，说："我看你也好看。"其实我明白，妈妈的意思，是说我认识你，我跟你很熟悉呢。

亲戚们来，都说妈妈糊涂了。有人故意问妈妈他是谁，妈妈就看着我，狐疑却很聪明地反问道："他是谁？"

然而妈妈是不是知道我是谁呢？这个问题一直是我的疑虑，但我却不敢问。

假期很快就结束了，要走的那天，我和妈妈坐在床上，她用手抚摸着我的脸。我很想知道她是不是认识我，但我的问题在妈妈的抚摸中释然。也许她叫不出我的名字，也说不出我是她的女儿，但那又有什么关系？她知道这个人是她的亲人。或许，在她的字典里，有另一个名词称呼我，但那又有什么关系？她一直是我的妈妈，给我生命的人，养育我的人。

妈妈的眼睛里并没有前些年我要走时的恋恋不舍。以前每次告别时，我都不敢直视妈妈的眼睛，那时她看着我，怀着深深的不舍和悲伤。如今妈妈的眼神很宁静。我知道按照生命的定义，妈妈的人生正在走向一个圆形的环。我的内心，很害怕与妈妈告别，我不知道该怎样与她告别。每一次再见，都好像一次永别，我不知道我们会不会再次相逢，也不知我还有没有福气承欢在她衰老的膝下。今生我们有缘做这样的母女，来生我还愿做你的女儿。只是，命运是这样的安排，你在大洋的这边，而我却在那边。我不能厮守在你的身边，心却无时无刻不充满对你的眷恋。

妈妈的手柔软如绵，她轻轻地抚摸我的脸，我的眼睛、鼻子和嘴唇，就像有一阵清风吹过来又吹过去。我的眼泪在她的吹拂下，滚滚滑落。我的心，沉入落满星星的谷底，那谷底，满是柔软绵长的爱，沉重而无法割舍的爱。

《金瓶梅》、萨德和禁书

据维基百科英文版介绍，中国文学史上著名禁书《金瓶梅》曾被一个中国人和一个外国人合译。译者对书中的情色描写，曾经一时束手无策，不知如何处理方能妥帖。

《金瓶梅》作为中国文学史上含有特殊意义的小说，在文学史上有不可替代的位置，同时因为掺杂着许多关于性的描写，成为史上禁书。对其中不雅之词，如今再版的洁本中，通用“此处删去若干字”的处理方法。平心而论，其实这样的方法，在可以理解的理由下，有两种结果，一种是限制了读者对此书的全局理解，一种是激发了读者的好奇心。如若全须全尾地印出来，无论怎样出乎意料，看过便看过了。“此处删去若干字”之后，人类的好奇心便被激发出来。

20 世纪 80 年代，贾平凹的《废都》也曾用此手法博众读者一笑，大概就是以激发读者的好奇心为目的。这个方法果然使此书发行量成倍增长。至于贾版的“此处删去若干字”是真删还是只是玩弄文字的一种手法，就无人可知了。不知当代文学研究者有没有人对此感兴趣，希望不要成为百年后的一桩悬案。

说到禁书，不由想到 18 世纪法国萨德的小说。萨德作为色情和哲学作家，因为作品中的色情部分写得过于细腻和暴力，在文学史上很为人们不齿，他的作品也因此成为西方文学史上最大禁书。萨德最有名的作品《闺房哲学》一直受到检察和封禁的威胁。1963 年，德国将他的《闺房哲学》列入“威胁青少年的作品”中，导致这本书一度险些被毁。

萨德的书，最终被保留下来。由于他的作品中有大量性虐待情节，他被认为是变态文学的创始者。后来也有学者把喜欢虐待别人的现象，命名为萨德现象（Sadism），即施虐症。还有人将萨德这种可怕的暴力和变态描写称为萨德主义。萨德生前完成的最后几卷本，被他儿子全部焚毁。如今也有电影和音乐用萨德的欲望和情感作为主题来创作，但更多的是把他的作品当作精神病态来分析，以此对人类自身进行探索。

有专家认为，《金瓶梅》中的性，虽然对市井之民构成了吸引，但只有对传统文化有相当认知的人，才能真正读懂它，因为它在某种意义上是起到了警世的作用。多年前，我在北京曾听古典文学研究大师吴晓铃先生讲《金瓶梅》，他的一段话我一直不能忘怀，他说：“读《金瓶梅》，生怜悯之心者，君子也。生羡慕之心者，小人也。生效法之心者，禽兽也。”

其实“此处删去若干字”，正是怎样看待本原的问题。对有能力消化的读者，倒未必就一定要删去。这就如衣服上染了灰尘，是洗衣服呢，还是洗灰尘呢？本质就是本质，只因读的人心生五蕴，湖水才荡漾起来。这才是老和尚和小和尚的故事，小和尚一路不能释怀的事情，老和尚却早就放下了。

如今萨德的书不再是禁书，许多版本都保持原貌印刷出来。《金瓶梅》则除专家学者外，市面上还是洁本。我对这个的理解，是中西文化永远的差异使然。

《金瓶梅》的法译本，最终将那“此处删去若干字”，改用拉丁文。因为在西方会拉丁语，就如中国会识古文的人一样，属于较高的文化层次。这一文化行动，大大限制了可读人数。大概少有人为了读懂一段黄段子发愤去学拉丁文，如若有，也堪称文学史上一段佳话。

绝美祝词

每年的母亲节，都是重要的日子，今年的格外隆重。许多微信群里都在写题目为“母亲”的诗，散文群又在写题目为“母亲”的散文。更多的人在讲母亲的温情、母亲的给予、母亲的苦难、母亲的奉献，甚至有一篇文章这样写道：“去关心母亲吧，因为母亲的世界很小，而你的世界很大，你的世界有很多东西，而你母亲的世界只有你。”

这句话听起来很煽情，但是当我看到这句话时，我的内心很不平静。为什么呢？因为我也是一个母亲，对我而言，这个世界很大，母亲只是我人生中众多角色之一。

我是一个女人，是一个女儿，是一个妻子，还是一个母亲。抛开这所有的定语，我首先是一个人。

20 世纪 50 年代的时候，因为家里孩子多，爸爸曾经有意让妈妈回到家庭，但是妈妈坚决不同意，她认为每一个女人都应该拥有独立的生活。她把这样的信念传给了我，所以我知道，只有当我成为一个独立的人，我的各种角色，包括母亲的角色，才会变得完满。生儿子的时候，我身兼两职，工作很忙，但是我并没有被这个新来的角色吓倒，相反，我的内心是欢呼雀跃的，我快乐于在人生中，我将拥有新的角色，所以从未觉得是一种压力。尽管他还是一个小婴儿，但是我习惯于把所见所闻所感讲给他听。这种习惯一直持续到今日，我们始终是很好的朋友。

母亲这个角色，其实是生命的一种渴望，因为渴望而来到的事情，总是让我充满感恩和期盼。一个婴儿的欢笑，一个婴儿的柔软，一个婴儿看这世界的崭新的眼光，都会清洗我们日渐陈旧的心灵，让它变得柔软洁白。

生养孩子的过程，真的是痛苦的过程吗？恰恰相反，那真的是一个快乐的过程。看着生命由蓓蕾到花朵，次第开放，我内心感觉到太多欣喜。对我来说，养育孩子不是奉献，相反，是孩子的成长，给予了我太多的感受和快乐。

下个月，我的孩子即将大学毕业了。在这之前，我已经参加过很多次他的毕业典礼，从幼儿园、小学、中学，到现在我们迎来了他的大学的毕业典礼。我喜欢看他的每一张毕业照片，那个戴学士帽，穿黑长袍的小孩，从无忧无虑的脸庞，到如今青春英俊的脸庞，都让我感到生命的奇迹。我惊讶于这不断进步的生命，同时会常常想起，我像他这个年龄的时候种种奇妙的生命体验，我于是好像拥有两个人生。这是多么快乐的事情。我在这个五月的夏日，喜悦至流泪。我从内心深处感谢孩子所给予我的，感谢他让我成为一个母亲。

母亲不是一个苦难的角色，也不是一个牺牲的角色，她实在是一种天赐的美丽。在做母亲中体验到的快乐，是我生命中最美丽的一部分。生命，因为给予而丰富，因为只有给予才能获得。

生命是拼尽了全部的力量，从大地深处开出的花朵；也是开放在蓝天深处的朵朵白云，沉重或者轻盈，都取决于你的内心。

成为一个母亲，是上天的恩赐，请不要把母亲说成一个苦难。母亲这两个字，真的是上苍给予天下女人的，绝美的祝词。

啜一杯茶

啜一杯茶，听五月的夜中雨声滴答。

阳台外的老树伸展着无数翠绿的嫩叶，吞吐着青春的空气。新洗过的衣服整齐地挂在阳台上，清新的气息让人迷醉。淡黑的夜色水声迷蒙，清凉入骨。

斟一杯茶，慢慢地啜一口，宛如啜着如水的夜色。

便想起家乡的老屋，想起老屋窗外的两棵老树。那老树也如这老树，安安静静地立在窗外。人忙时忘了它时，它在，人闲时望着它时，它也在。

想起家乡老迈的妈妈，也有如我现在的习惯。忙碌一天，孩子们睡下后，老迈的妈妈也喜欢在睡前啜一杯淡茶，啜茶时她喜欢望窗外，望窗外那两棵老树。

老树仿佛明白你的心事，在你望它时会传来沙沙的树叶响。

妈妈的心事便是在啜一杯晚茶后，轻巧无痕地说出来的。

就像我要出国之前，妈妈对我出国之事一直是沉默的，我知道她心里有许多的无奈和不情愿，然而她不说。直到走前住在娘家的一晚，妈妈啜着茶突然说："要走就三月走，三月天高气爽，不像二月雾气大，这时候飞机好飞，比较安全。"

就像我回国探亲到家的第一晚，我像小时候一样蜷在妈妈身边，她半坐着啜茶，说："不回来了？"我知道她一直盼着我读完书回来，我不能回答，不想撒谎又不忍心点破她的梦，眼泪便在眼里流下来。妈却无声，只是安静地啜一口茶。我躺在她身边，不敢动，也不敢出声儿，眼泪像决堤的水在脸上纵横。眼泪不是水，水是滑滑的，擦一把就无痕了，眼泪却是粘粘的，依然有许多在脸上，在心上。

半晌，妈妈说，好好生活。然后起身关了灯。我睁着眼睛，在黑暗中痛哭不已。

如今还常想起妈妈的从容。妈妈深邃的内心听从感情的召唤，然而她从不勉强谁，也不责怪谁。

如今老父已逝，常与小弟在电话中询问妈妈的近况。小弟说妈常坐在窗前望那老树，还是和以前一样，只是望着望着，便滴下几滴眼泪。我想她是又在怀念逝去的老父，怀念她与他共同走过的五十年，怀念她年轻貌美的岁月和儿女绕膝的时光。

现在就只有哥哥弟弟跟妈在一起，我和姐姐走得远，远得超出了妈妈的视线。

啜一杯茶吧，在人生漂浮不定的日子里。生命是如此之短，承受是如此之重，远离家乡的痛楚在白日的操劳和辛苦中淡忘，又在如水的夜色中变浓，浓得好像过了午夜的夜色，已经看不出老树那些在五月中刚刚生出的像小乌龟一样的树叶，只剩下黑黑的夜空和老树的轮廓了。然而苦茶却慢慢地浸入心里，一滴滴仿佛有声响一样，与夜色融为一体。思念也与夜色融为一体。此老树便与彼老树一样，一瞬间我仿佛坐在故乡老屋的床边，与妈妈共啜一杯晚茶。

妈，啜完这杯晚茶，我们便一同睡吧。

永别在每一个瞬间里

清晨醒来时，心里有莫名的惆怅与痛楚，不知为什么想起刚来蒙特利尔时的情景。

那时刚离开生活了 30 多年的家乡，除了丈夫与儿子之外，身边的所有人都是陌生的，人与自然，街景与语言，甚至空气中飘动的气味都是陌生的。于是忙着去挣钱养家，忙着读书适应环境，虽然心里有莫名的酸楚，却也有莫名的新奇和希望。那时没有汽车，每天顶着蒙城的大雪花在大街上走，雪花打在脸上，冰凉冰凉的，就这样一身雪花进了地铁。地铁就像一个大的保温箱，把春天包在里面，有袅袅的音乐轻轻飘过来，小提琴、电子琴、黑管，有时还有口琴。这让我想起上大学时常常坐在上铺吹口琴，两条腿在节奏中一摇一摆，有时与同寝的姐妹和上一曲，其乐融融。

有一天，我在地铁里居然听到有手风琴在演奏《白族人民爱唱歌》，这真让我兴奋极了。我沿着长长的通道一直向前走，上下找寻，终于找到一个已有华发的中国哥们儿，在尽情尽兴地拉这首中国70年代的曲子。我站在距他三米左右的地方，美美地陷在儿时的回忆里，直到地铁到来。

地铁伴着一股气势而来。不知为什么，在蒙城地铁中，只有橙线在启动时有音乐的伴奏。那种伴奏在列车启动的呼啸声中雄壮有力，有一种壮士上马的感觉。绿线就没有这种声音，不信你听听看。站在地铁站的春天里，有音乐传来时，心里就有一种感觉，好像生活在某个故事的某个情节里，有时不禁回身去望身前身后，潜意识里希望有什么事情发生。

如今我有了自己的汽车，大概有两年没坐地铁了，车站的大铁门还好吗？车站里面的乐手和漂亮女孩们一如往昔吗？

于是沉浸在自己的酸楚与悲凉里。

到蒙城之初，兴冲冲去上学，同学多是如我一样的新移民。话题是相似的，也交了许多很投缘的朋友，有些还家来家往，吃饭聚会什么的。曾办边一些盛大的聚会，六七家聚在一起，在圣劳伦河边温暖的夏风中喝啤酒、吃烤肉，孩子们在草地上尽情奔跑，拿着薯条和面包喂鸽子……后来大家分开了，再没有联系。有的断断续续联系了一二年，搬了家，也就断了线索。出国的意思就是远离家乡，反正已经离开了，再搬到哪里去，好像也不用太在意。有时想想这些人现在哪里，生活还好吗？想要孩子的孩子几岁了？想找工作的不知找到没有。

沿着这样的思路一路想下去，就想起童年的玩伴和青春时代的伴侣，想起十七八岁时春风沉醉的晚上徜徉在绿树灯影里的三三两两的同窗。不知他们现在还好吗，生活在世界的哪个地方？有的人还有一点线索，也许还能看见；有的人音信渺茫，也许终生难以聚首。于是想起小学毕业时，老师对我们说的最后一句话：“你们这些人，在一生中再想这样坐在一起，是永远不可能的了。”

“永远不可能”不就是永别吗？事实上，我们在短暂的一生中，不断地奔波，从一个地方漂到另一个地方，从一个住所搬到另一个住所，从一个人身边擦身而过到另一个人身边。我们都活着，然而，因为时间和空间的不同，事实上，我们每天都在永别一些人、一些事、一些场景。

“永别”是一个让人心酸的字眼儿，然而面对生活，我们别无选择。“永别”有时又是一个有诗意的字眼儿，我们在永别了过去的时候，憧憬着未来。我们在永别了今天的时候，憧憬着明天。“永别”使生活日日远离又日日更新。更重要的是，“永别”使我们在感情上、思想上不间断地前进，悲哀而又欢愉。

这就是人生。

读书的快乐

我刚到蒙特利尔时，注意到在地铁、公车上，人们捧的几乎都是书——小说、教科书、历史书、专业书，还有一次我看到一个老人在看一本日语的初级教材——这同我在中国的印象是不一样的。在中国，人们手里拿的一般都是报纸。

报纸是历史的秒针，所以，活在当下是国人现在的说法。

小说是历史的时针。有人告诉我，蒙特利尔从 20 世纪 70 年代开始，就是现在这样。所以，有人说加拿大人懒散，生活节奏缓慢，也是基于这样的现实。

而当我看到杂货店里也卖书时，我的内心很震撼。我是说书——这个在中国“万般皆下品，唯有读书高”的东西，在这里，就是一个和牛奶面包咖啡一样的日用品。

后来我去大图书馆，进去时见一排超市里常见的购物筐摆在门口，出来时见有人拎着整整一筐书在借书处结账。我才知道，这其实就是加拿大人真实的生活。书籍，是他们普通生活中的日用品，而不是点缀品。

就像身体需要食粮一样，精神也需要食粮。

这时，我想起在以前去过的一个公司，老板坐在装潢一新的书房里，书架上摆满昂贵的精装书。那些崭新的书，连套封都没拆开过。可惜那一架好书，丧失了它真正的生命，沦为无知者的花瓶和摆设。而那些按图索骥得来的书，有些是我一直渴望拥有的。

后来我给自己买了一个店。我对这份工作最大的满意，就是我有足够的时间可以读书。有一天我坐在店里读书时，有人说：“哇，我走过许多店，第一次看到有人读书。呵，你原来喜欢这个作家，我也喜欢。”那段时间我正在看 Jeffery Deaver 的小说。下次来，她就带来这个作者的另一本书给我。就这样，我有了许多书。他们也不再要，只是说，你喜欢你就读，你读完了谁喜欢你就给谁，这本书的价值就足够了。

中国有句话说，烟酒不分家。现在看，好书也不分家。

夏天的时候，每次我回家走过 caf é 92，都见到有些人坐在阳伞的阴影里，一杯咖啡，一本厚厚的书，就消磨一个下午。据说，咖啡在 92 度时，是最香甜的瞬间。有时我想，那么那些书呢？在夏季温暖的空气里，冥想一段历史、一个传说、一段穿越了时间和空间的往事，那个读书人，是不是也走进了一个陌生人的人生和一段散轶的往昔岁月？如果我们就这样读下去，我们是不是就能登上时空机器，可以有无数次生命体验？

这么想着，身旁的一切突然变得恍惚和不可捉摸。因为，这时的我们，已经融化到不可知的世界里。

漂若浮萍

当我离开家乡移民加拿大时，一位老者对我说："我活了70多岁才体会到，其实人这一生，只有两种活法，一种是守家在地，一种是背井离乡。我年轻时也有机会到外面去，但我上有老母，又喜欢这个地方，就一直没有动。我想，我大概就是那个守家在地的命吧。"

他这样说时我就想，那我就是那个背井离乡的人了。

我这个人，从小爱的就是"生活在别处"之类的话，喜欢那种走遍天涯的感觉。年轻时也许觉得这样特别酷，所谓天涯何处无芳草，虽然不是男儿，却也要志在四方。

直到出了国，那种游客观光的新鲜劲儿一过，真实的生活毫发毕现地摆在面前。且不说生活的艰难和努力，就说那偶尔一丝心动——是那种在家乡几十年从未有过的漂泊之感。

有人说有家人的地方就是家。这话不假，但家人不能涵盖一切，因为灵魂只属于你。夜深人静之时，灯火阑珊之际，你那孤独的灵魂还是会不管不顾地跳出来，一缕说不清道不明的孤寂便无依无靠地附在你心里，赶也赶不走。

有人说买个房子吧，买个房子就安稳了，上有片瓦，下有立锥之地，灵魂也需要有个房子。这也对，房子是身体的栖息之地，身体是灵魂的安居之所，由此推论，房子又可以间接地抚慰灵魂。那就买房子吧。买了房子，住在里面才知道，房子始终是也只是身体的栖息之所。

那么灵魂呢？

只要走出那个生于斯长于斯的地方，你就是断了线的浮萍了。你第一次漂到哪里，下一次再漂到哪里，对你来说，都一样，永远都是浮萍。所以常看到身边的人一走再走——既然离开了家乡，去哪儿又有什么区别？

而那根，因为断过，也逐渐枯萎，最后浮萍与根也接不上了。这大概就是余光中的旧船票，就是他那些思乡的诗句，也就是举头望的明月。

守家在地的人，望外面的世界繁花似锦，守着自己的小家，有一份安稳的睡眠，还有一份窗外的梦想。那思维模式，那生存方式，也许老旧，但很实在，相互一望眼神，便理解。

背井离乡的人，看遍了外面的精彩和无奈，身若浮萍地漂着，梦中有家乡，还有童年的伙伴。

一路千辛万苦地走来，回过身，原来异乡人的梦想是家乡那一条小巷、两棵老树、三尺矮矮的床榻。

这才感慨造化弄人，才感慨陶渊明那“归去来兮！田园将芜胡不归”的一咏三叹，懂得“悟已往之不谏，知来者之可追；实迷途其未远，觉今是而昨非”之意境。

走过千山万水，漂流东西南北，反复思考，才明白，其实最不能拘役的是心，而不是物。无论你在家乡还是在异乡，都是装饰别人窗的人，而别人，也装饰着你的窗。

于是，守家在地还是背井离乡的话题，就变得不那么重要了。

然而，那“风一更，雪一更”的风雪声，依然会“聒碎乡心梦不成”，而那“一叶叶，一声声”秋雨，也依然会“空阶滴到明”。

你不知道

早晨上班路过一个卡车，两个工人正在卸货。一个在车上，一个在车下，车上的人正把一个大东西顺下来给车下的人。那东西有两人宽，一个半人高。一阵风捎来他们的对话，车上的人说："你能自己拿着它吗？"车下的人说："不能。"车上的人就放了手。那么一大件东西，看起来不很沉但也绝不是轻的，车下的人晃了晃，居然站住了。

车上的人就笑，说："看，你绝不知道。"

于是想起上英语课时老师画的一个圆。他用粉笔把圆切成三部分。第一部分最小，大概占圆的 10%—20% 左右，他写道"你知道你知道"；然后画第二部分，大概占圆的 20%—30% 左右，他写道"你知道你不知道"；然后是第三部分，占得最多，他写道"你不知道你不知道"。

想象这世界上居然那么多"你不知道你不知道"的事情，而人生又如此短暂，我不禁凛然而动容。

年轻时读中国传统的东西多，中庸之道继承得不算少，所以有点儿道学。一般来说，只做自己能做的，所谓力所能及，量力而行。中庸之道其实是自我保护主义，不做力所不逮之事的意义，在于满足于现状。满足于现状，就不会有失败感；没有失败感，人生就是完满的。岂不知人生本来就是不完满的，如果没有尝试，不知道短暂的一生能做什么，能做到什么程度，人生就更加不完满。

在中国生活了 30 年，突然有一天，漂洋过海来到加拿大，你知道你不知道许多事情。从地铁里的一站一站地名记起，从硬币的一分两分五分学起，一直学到开车、法律、报税，学到不同文化对人生的理解，在相同情景下不同民族的不同理解。从惊讶地不懂为什么下课时穆斯林们突然在教室里匍匐在地上三跪九拜，到对裸体游行的熟视无睹，“我不知道”的一些事情正在变成“我知道”，然而我知道，更多的事情依然是“我不知道我不知道”。

而在另一方面，“我不知道我能做”的事情也不少，就像车下的工人，居然在自己不知道的情况下举着一个自认不可能举起的东西。

人生有很多极限。所有登山漂流冒险的人，其实都是在向自己的极限和人类的极限挑战，而在平凡的生活中，每个平凡的人也在不同的状况下向自己挑战。跌得有多重，飞得就有多高，伤得有多深，就有多深的快乐。这就像深海与高山一样，海深与海拔是对等的。

我见过一个人，她在登陆加拿大之后短短的几年生了四个儿子。丈夫在读书，她做全职妈妈，每日焦头烂额，疲惫不堪。白天恨不能长出十只手料理孩子和家务，晚上头一沾枕头就睡着了，几年没做过梦，梦都被疲倦赶得无影无踪了。我说你为什么呢？她说这一辈子就喜欢孩子，喜欢儿孙满堂。来加拿大就想好了，能生几个就生几个。生到老三时累得不行，不想再生了。谁知又有了老四。丈夫说好了，不要了。她说为什么，丈夫说你想累死吗？她说人怎么会被累死？我倒要看看我能生几个，我累到什么程度才到极限。

我很佩服她，她把平凡的生活做到极限，她是个了不起的人。

所以人生应该有梦想。

人生有了梦想，才知道自己能做到多少，才能为自己的梦想付出全部的精力和能量。而如果只是量力而行，就无法知道自己究竟可能多么辉煌或多么潦倒不堪。人类可以没有财产，没有金钱，没有后代，但人类却不能没有梦想，没有经历，没有回忆。

所以，有些事你绝不知道。

等等灵魂

现代科技日新月异，影响着我们生活的每时每刻，比如电视，更新换代太快，好像一眨眼就又进步了。坐在我的电视前，我感叹生活的神奇改变。

除去从中国带来的简单衣物，家里最老的不动产就是这台电视，有 12 年的历史了。那时刚落地加拿大，第一个买的就是它。丈夫把电视打开，第一个镜头是克林顿最后一次乘坐空军一号离开白宫的情景，用的是黑白剪影，与小布什竞选成功的花团锦簇相对比，看上去有点凄凉和落寞。因为正合了我初离家人的心情，所以看完之后感触颇深。这台电视款式很老旧，我们离开中国之前就用直角平面的了，来到发达的第一世界，买的却是凸面的电子管老一代。这电视块头很大，躺在床上看时，有很大的人头在晃动。后来搬过几次家，它都是人见人烦最难拿的家伙。

虽然笨，画面却不走形，颜色也纯正。我跟着它学英语学法语，看电影看新闻，居然一天天了解了这个新国家，语言也提高了。

后来搬新居，买了新家具，这时电视已经发展到3D，价钱也便宜。我说买一个新的，跟家具配套。丈夫不干，说我真败家，好好的东西，干吗就扔了？我们就把它请进新居。十年时间，七岁的儿子都长成大个子，说："我来拿它。"就一个人把它搬到二楼。它就那么端坐在新的橱柜上，不卑不亢，很厚的背部顶在墙上，与那些崭新的沙发相互望着，看起来合作并不愉快。

搬完家，朋友们来暖居，里里外外看过之后，说："都挺好的，就是这个电视太老了。我们家这样的早废了，在它之后都换三个了。"还有一个说："你还摆着它干啥？扔到马路上都没人捡。"丈夫说："怎么没人？你扔一个，我就去捡。"

我说："真的很老气呢，圣诞节大甩卖，就换一个吧。"丈夫说："这不是钱的事情，我就不喜欢浪费，它又没坏。"我说："它老了，落伍了。"丈夫说："只要能看，就不落伍。等它不能用了，我们跳过3D和4D，直接进入ND时代。就像微生物到人类，我们略过中间环节，直接进化为未来人。"

夏天的时候，儿子突然对老式唱机有了兴趣，花了打工赚来的钱，搬了一个回来，放到哪里都格格不入，只有放在电视对面，竟有一种说不出的默契。丈夫说："如今人们只爱新东西，不知老东西有它的历史。你看看，现在我们家，看起来是不是很古典很浪漫？电子时代，发展这么快，没有一点淡定地跟着跑，会失掉自我的。"

也许他是对的，我想。重新看那笨家伙，居然有了一种安稳的心情。想想它就那样跟着我们经历十年移民的酸甜苦辣，看着电子后代茁壮成长，依然故我，不离不弃，于是很感慨，想起印第安人老酋长说的一句话："别让身体跑得太快，等等灵魂。"

每个人都是美丽的

上英语课时，老师出了一道题，题目是在七个词语里找你认为最重要和最不重要的，并说出为什么。

那七个词语是：财富、荣誉、家庭、友谊、爱情、智慧、美丽。

说心里话，面对这样诱惑的字眼儿，割舍哪个都不忍心。财富是许多人的人生追求，所谓“人为财死，鸟为食亡”，“天下熙熙皆为利来，天下攘攘皆为利往”。荣誉是人类精神和事业的象征，谁不希望在短短的一生中得到荣誉和尊重？家庭当然是人类最后的避风港，没有家庭就没有舔伤的地方。友谊是快乐人生的必需，每个人最开心和最难过的时刻如果没有朋友的分享和支撑，人类将是多么孤独和感伤。爱情又是一个多么高贵的字眼，生命诚可贵，爱情价更高，为爱情生命都可以舍弃，谁忍心把它排在第七位？美丽是造物主的杰作，人类之美丽与自然之美丽一样，都是人心所向往的。而智慧，那又是多么难得的东西，不是有人说吗，如果说聪明人是十个人里有一个的话，智慧的人可是百里挑一。有谁不想有阿凡提的头脑？沙子变金子的故事一直是我们津津乐道的。

不想有舍弃，七个我全想要。我这个人活过的几十年里，最怕的就是选择和舍弃。本来就不富有的人生，因为选择和舍弃，显得残酷了许多。

可是那个满头银发的英国人说，你们必须做出选择，必须有舍弃，而且还得有理由。

分组讨论时，我们小组有了分歧。一个阿拉伯男生把美丽放在最后，理由是美丽是女人的事。一个当地的法国女孩差点儿没哭出来，几番争论之后，她把财富放在最后，让我目睹了法国女孩的浪漫和天然。另一个斯洛伐克男孩，把爱情放在最后，理由是爱情是一种飘乎不定的情绪，它甚至只能持续很短的时间，与之相比，友谊就牢靠多了。

半个小时过后，我们小组依然不能统一思想，于是决定以个人为单位，老师叫到谁，谁就说自己的意见。

老师好像叫了几个人，他们的意见和理由我都记不得了。后来叫的是一个俄罗斯女生，很平淡的五官，身材矮小，一头干黄的头发，翘翘的鼻头还有一点点红，小小的眼睛笑眯眯的，上台时有些局促。老师让她站在讲台后，自己就坐在她的位子上，用标准的英国口音非常绅士地问她：

“你能告诉我哪一个是你排在第一位的？”

她很安静地回答：“智慧。”

“为什么？”

“因为无论在多么艰难困苦的情况下，智慧都能让人走上正确的道路。有智慧的人可以有完美的家庭、纯洁的爱情和快乐的友谊，智慧让人有把握财富的能力，也有拥有荣誉的基础。有智慧的人了解什么是生活，也懂得如何生活。”

灰眼睛的老师抬了抬他棱角分明的头颅，高高的鼻梁向后仰了仰，问：“那么，哪一个排在最后面呢？”

“美丽。”

“为什么？”

她声音不高但十分清晰地说：“因为，每个人都是美丽的。”

那一刻，班里静得出奇，我仿佛听到我内心某种东西的爆裂声——我想许多人也会像我一样。我望着她的脸，感到她被内在的光辉照射出来的美丽。是的，每个人都是美丽的，就像每个人都是平等的一样；每个人都是美丽的，就像每个人都有天赋人权；每个人都是美丽的，就像每个人在最后的时刻都会站在上帝的面前，接受公正无私的审判。

每个人都是美丽的，它的内涵还在于，无论你身为哪个种族，你是贫穷还是富有，你是弱小还是强大，你是健全还是残疾，你都是平等地来到这个世界上，有你应有的地位和作用。

每个人都是美丽的，绝不只指你的外表。美人总会迟暮，身体来自尘土，只有灵魂是不朽的，而美丽的灵魂，才是我们来到人世上最重要的不可或缺的理由。

伦敦桥塌了

世界上关于桥的故事很多。中国的赵州桥有一个美丽的传说，传说鲁班的妹妹鲁姜与哥哥比高低，哥哥修了一座大桥，她就修了这么一个小桥。小巧玲珑的石桥至今站在那里，几百年也不变一变，还是当初那么美。

其他地方的桥更多。有一个美国人编了一个故事叫《廊桥遗梦》，在 20 世纪 90 年代的中国风行一时。故事讲《国家地理》的一位摄影师专门在世界各地拍桥，有一天到一个小镇上去找一个古老的廊桥，就是有走廊的那种小桥，在那里邂逅了红颜知己。那红颜的丈夫和孩子去外地游玩，她一人在家。摄影师就投宿在她家，当晚饮酒跳舞，情愫初生。第二天一大早，两人在黎明时分去照廊桥，朦胧中的廊桥之美触动了他们对美好生活的向往，于是爱情适时登场。然而虽然使君无妇，罗敷却有夫，在经历了心灵撞击和搏斗之后，红颜选择留下，与丈夫孩子在一起。

时隔多年，发表在《国家地理》上的廊桥的照片依然保存在红颜的抽屉里。这些将与她的骨灰一起，葬在廊桥旁边的土地上。

小说后来拍成了电影，挺感人的。因此，我也对“问世间情为何物，直叫人生死相许”和道德对爱情的约束这二者的分裂，有了多一层的认识的困惑。

悲惨的故事当然也有，比如南斯拉夫电影《桥》。小分队为了阻止德军进攻，要毁掉一座建在山里的桥，为此，他们绑架了这座桥的设计师。为了完成任务，战士一个个牺牲，最后毁掉这座桥的，正是不忍心毁了自己杰作的设计师。

这电影的插曲在我少年时代很流行。“啊，朋友再见，啊，朋友再见……”唱得让人心颤。尤其是最后一句，算得上是翻译中的精彩之笔——“桥，桥，桥”，其实是意大利语“chao”，再见的意思，中文中译成“桥”，既是音译，又突出了电影主题，可谓妙绝。

总忘不了小战士身负重伤在水潭中挣扎的镜头，德国人就在身后，他的好朋友拿起了枪——战争的残酷，那是我第一次被痛彻地震撼。

因桥生情的有，因桥发财的也有。伦敦桥就是一例。第一座伦敦桥带着英国人的愿望塌了，他们建了第二座，后来也塌了。第三座桥塌了以后，一个美国商人突发奇想，把一堆废铜烂铁买下来，高价运回美国他的家乡，动用人力物力，把桥重建起来。许多人说他疯了。没想到事过经年，伦敦桥出了名，人们纷纷去看第四座时，就有人问：“第三座呢？”第三座桥就不在欧洲，在美国了。只是不知道这商人还健在否。

被称为当今世界上最美的桥是查理四世大桥，在捷克首都布拉格，石头结构，其牢固程度被戏称是鸡蛋清粘成的。这座桥有九个桥孔，横卧在宽阔的伏尔塔瓦河上，美轮美奂。夕阳西照时，站在桥上眺望远处的布拉格，如仙境一般。每年数千万人来此观光，熙熙攘攘的人群不到深夜不散，而早起为拍黎明时分大桥倩影的人们，又跟着来了。

英语里有一句话说：The hardest thing in life is to know which bridge to cross and which to burn.（生活中最难的就是，你不知道哪座桥能过，哪座桥会着火。）这与我们中文谚语“不知哪块云彩会下雨”，有异曲同工之妙。可见桥有时已经不只是一个建筑物了。桥塌了不是一件好事，可伦敦桥塌了就是一件好事。不是有首歌叫《伦敦桥塌了》吗？为了不被外敌入侵，桥塌了，家乡就保住了。果然桥就塌了，桥老得通人性了，塌得真是时候啊。

可见桥塌好不好，不是绝对的。世上没有绝对真理，也没有绝对的好坏。

还有那座奈何桥呢，那传说中冥府的桥，孟婆就在奈何桥边给你喝忘情汤，喝了你就忘了前尘往事，忘了情深似海，转世为人，爱谁谁，谁也不认识了。

你喝不喝呢？站在奈何桥边想想，不知到时是否身不由己。

曾经有过的好时光

冬天的时候，蒙特利尔的气温降到零下 40 度，每个人都像落光了树叶的树干一样在寒风中抖动。冷得有点受不了时，就难免抱怨，抱怨得久了，就成了习惯，也不动脑子想一想。有一天我正口无遮拦地抱怨着，过来一个老外，他用温柔而责备的眼光看着我，说："可是我们也有过夏天的好时光呢！"

我立刻住了嘴，为自己的消极感到羞愧。

小时候也爱看一些心理学的书，知道人分积极和消极两种，最有名的例子就是你是先吃大葡萄还是先吃小葡萄。先吃大葡萄的总在吃盘子里最大的，所以总是积极的；先吃小葡萄的总在吃盘子里最小的，虽然处事有些被动，总有大的希望在后面。可是如果最后葡萄烂了，小葡萄人士就成了真正的消极派，而大葡萄人士就是及时行乐派。

人生有时就像一堂课，许多人用一生来学习一件事，诸如爱与恨，积极与消极。有人说如果人生如果能倒回去活该多好，就会少许多遗憾；也有人说，你要活到100岁才知道许多事。总之，人类有时希望用时光和岁月来明白道理，这是不是太昂贵了？岁月不是金钱，金钱损失了，你能赚回来，岁月流逝了，永远不再来。

然而，如果没有遗憾和缺陷，如果生命中尽是完美，如果生命中只有甜蜜一种滋味，人类是不是始终像五岁孩童一样无知？

刚出国时面对没有预料到的处境，整个人处于冬眠期，被动而无奈地接受一切，心头总有抱怨，抱怨在国内经历了多年努力刚刚过上好日子，好像坐在一把舒服的椅子上刚刚打了一个哈欠，这个哈欠还没打完，就被命运搬到另一个房间了；抱怨远渡重洋之后，生活没有想象的那般美好，一切白手起家，重头来过——就像抱怨冬天的寒冷一样。

然而我们也曾有过夏天的好时光。

夏天的太阳是温暖而张扬的，夏天的青草总是散发出沁人心脾的清香。夏天我们也曾在圣劳伦河赤着脚捞鱼，在公园里喝啤酒吃烤肉，在黄昏的加斯佩岛擎一杯红酒看夕阳慢慢地落在大西洋深蓝的水波里。当然也有在高速上飚车的欢乐，风揪着头发像揪着青草一样向上拔，向上拔，就像扯着思念的泪水向下滴一样不可阻挡。

我们也曾有过夏天的好时光，并不是所有欢乐在冬天的寒冷里都褪了颜色。就像我们曾经有过的青春的好时光，即使过去十年二十年，在记忆里也总是美艳如花，就像青翠的山和碧绿的水一样。于是想起叶芝的诗：

当你老了，头白了，睡意昏沉，

炉火旁打盹，请取下这部诗歌，
慢慢读。

也会想起普希金的诗：

忧郁的日子里需要镇静：
相信吧，快乐的日子将会来临。

脱衣舞及其他

有一天同一个熟悉的朋友说起晚上去看脱衣舞，那朋友瞪着眼睛看我，好像我一下从良家妇女变成了地痞流氓，从职业女性变成了下里巴人。相识也有几年了，知心话也没少说，干吗这样看我，好像我就是脱衣舞似的。

于是有了写这篇小文的念头。

确切地说，蒙特利尔的新移民没看过脱衣舞的不在少数。虽然诸位都是大学以上学历，受过改革开放的洗礼，在国内或是企业白领或是高层职员，虽然也曾去新马泰看过人妖什么的，到了这里却很少去夜晚的 Downtown 走走。原因有二，一是出国旅游和出国居住是两码事。旅游的目的是览大千世界于一瞬，所有的新鲜事、西洋景要在几天内看完，所以务必抓紧时间，力求全面到位。居住的意义则是在这里一天天一年年地住下去，有的是时间，不求一朝一夕。其二，就心情而言，旅游是穷家富路，购物图的是新鲜，也是旅游的一部分，因此有“购物一日游”之说。

居住则不然，居住就是生活，生活在这里，与旅游的心情当然不同。尤其是对新移民而言，无论是读书、工作还是打工，目的一样，为稻粱谋。或生活平淡身心疲惫，或前途茫茫无所适从，于是生活也越来越两点一线了。

其实偶尔去外面转转，对心情很有调节。

蒙特利尔是个浪漫之都，夜生活极其丰富。按当地人的说法，夜里 12 点 party 结束之后，他们的生活才刚刚开始。蹦迪、泡吧的人处处皆是，看脱衣舞的自然也在其中。

脱衣舞分男女两种。女宾看男脱衣舞，男宾看女脱衣舞应该是正常的道理，当然也有女宾看女脱衣舞的，比如我。舞娘在有钢管的台子上跳舞，比起午夜电影简单得多。客人们或啜啤酒或闲聊，都是一副见怪不怪的样子。即使有客人与舞娘相熟，舞娘在一尺见方的桌子上跳，客人的手也是老实的，可见一行有一行的规矩。有朋友对我说到了蒙特利尔，她反而对丈夫很放心。以前在国内，保不准他去哪了，到了蒙特利尔，知道他同朋友去看脱衣舞了，那又怎么样？反正他也干不了什么。说完哈哈大笑。

于是想起王朔的一篇文章，写他到美国时他的出版商曾与美国的出版社联系，希望他的作品可以发表。他把他的成名作《玩儿的就是心跳》中的一部分翻译给了《花花公子》，没想到被退稿，更没想到被退稿的理由是“太下流”。王朔说这才知道其实《花花公子》只是表现人的正常欲望，而不是变态畸形。王朔在文章的结尾说：“我感到自己很粗鄙。”

当然免不了想起黄下流教授。黄下流教授堪称中国 20 世纪 80 年代末 90 年代初下流笑话的代表人物。未出国之前，每有同学聚会，就有人讲黄下流教授的笑话，有警戒的，有讽刺的，当然也免不了下流。那种下流来自骨子里，大有意淫成分在其中。与黄下流教授相比，脱衣舞除了体态妖娆、玉体横陈之外，内容上反而不及黄教授。

难免又想起性学这一庞大深奥的学说。“食色，性也”，色与食一样，是人性的一部分。中国谈性色变的时代已经过去，对生命的理解也应遵守科学和自然的法则。我的一个老外朋友在他儿子 18 岁生日那天特地买了一箱啤酒和一本《花花公子》送给他儿子。他很骄傲地说他儿子成人了，可以享受生活了。

还想起老和尚和小和尚过河的故事。说两个和尚出门，过河时见一个妙龄女过不去，老和尚就把妙龄女抱过河。双方分了手，又走了几里路，小和尚说：“师傅，我有个问题，出家人讲戒色，你为什么还抱那女人过河？”老和尚说：“我已经放下了，你还没放下。”

夜读惊魂（一）

看马尔克斯的《百年孤独》，是上大学的时候。有一个寒假我没回家，那时刚刚考完试，忘了是哲学还是党史，反正是有一科这样的课没考好。寝室里有的人已经迫不及待地回了家，我因为没考好，心里头懒懒的，趴在床上看《百年孤独》。那时应该是看到结尾了，小说正写一群群蚂蚁拖着那个家族最后一个人的人皮向外走，把我吓得三魂飞了两魂。正惊悚中，突听有人敲门，我一骨碌翻身站起来，心怦怦狂跳不止，想问来人是谁都说不出口，铆足了劲儿一开门，见是班里的一个男生，正探头向里张望。我想我那时如果对他再多一分好感，就会跌倒在他面前。可惜那时我偏偏像打了免疫针一样，对别人的情感不进油盐，刚刚有的软弱立即被我像藏过年的糖块一样掖在袖口里，脸上凶巴巴的，说："你干吗，吓我一跳。"好像这么一凶，就把自己心中的恐惧赶跑了似的。他也不怕我，回身四下望望，说："你跟我说话呢？"我说："那当然，难道还有别人？"他就说："是没别人。”说着就进了屋。他说：“你刚刚干吗呢？”我说：“看书。”边说边心虚地看那本书，像看怪物一样，然后又嗫嚅着说：“吓死我了，正看结尾呢。”他就哈哈地笑起来，笑得像鸭子叫，最后的尾音还向上扬着，说：“害怕你还看？”我说：“不看更害怕，总想着不知结尾怎么了，不过不看就好了，这结尾比我想象的还可怕。”

他说：“别怕了，我来告诉你，你担心的那科过了。”我心惊肉跳地说：“唔，好，管它打几分，过了就行了。”说着就有点儿心不在焉。他说：“放假你不回家？”我说：“不回，我这儿借了很多书呢。”他就拿起第一本书，是莱辛的《拉奥孔》，说：“你不回家就为了看这书？”说着就用脚比画着踹了一下，说：“那你在这吃书吧。”说完转身走了。

他走了我才想起来，怎么没让他把那本可怕的书带走？好歹也吓他一吓。

晚上躺在床上，小说的镜头又像电影一样回放起来。我害怕极了，远远地望它，好像书皮一动就有无数蚂蚁从书中爬出来。红红的蚂蚁铺天盖地，我躺在床上大气也不敢喘，尽量把自己的身体缩小再缩小。后来终于发生了一件不可避免的事，内急。

那时还有一个室友没走，不只她没走，还带她的小妹妹来住。开始我还想忍着，后来忍不住了，就小声叫她，她不醒，倒把她妹妹叫醒了。那女孩才上初中，圆圆的小脸红润健康，火力旺得睡着了还露出两截胖胖的小腿。她问我：“姐姐你叫我？”还有点儿奶声奶气的。我说：“你想不想上厕所？”她说：“我不想。”我就没话说了，可我也得忍得住呀，到底忍不住了就说：“那你能不能跟我去厕所？”小丫头就笑起来，银铃似的，说：“大姐姐这么大了还害怕？那好，我在门口等你。”

我只能等她说到这儿，再等我就要画地图了。

我撒腿就往厕所跑，一路上耳边全是蚂蚁的吱吱声。事实上，我根本就不知道蚂蚁会不会叫，更别说蚂蚁叫是什么声了。

我快速地解决了自己的问题，又快速地跑回了寝室，砰的一声把门关好。回头见《百年孤独》还在那里纹丝不动，就远远地伸过一只手，颤颤微微地拎起一个角，把门打开，顺着门缝把它扔出去。只听“啪”的一声，千万只蚂蚁着了地，向大门爬去了。

我终于长出了一口气，把被子严严实实地裹好，看看表，已经是半夜三点多了。

夜读惊魂（二）

读《金瓶梅》，读的是洁本。

在大学学《红楼梦》时，老师曾提到明清小说中，对《红楼梦》影响最大的是《金瓶梅》。不过因为当时《金瓶梅》属于“诲淫诲盗”之书，大学生是没办法读到的。后来去听吴晓铃的讲座，讲的就是《金瓶梅》，因为没读过，只是听听罢了。但吴先生有几句话当记得，大意是：读此书者，生畏惧之心者，君子也；生羡慕之心者，小人也；生效法之心者，禽兽也。

后来出版了洁本，在少数人中流行。有一次一个相熟的朋友说他有一套，可以送我。心中还窃喜过，当然也怀疑过其可信度，毕竟这东西很珍贵。果然就没了下文。可见人性本自私，有两套送你一套还可割爱，只有一套，放在手边，凭什么送你。

不过我却不免耿耿于怀。每次想起来，就忍不住用眼角瞟一下他，心里恨恨地说，你还欠我一套书呢。

可见人不能轻易许诺，有许诺就有了羁绊。不能实现的，让受者心怀不满，还不如心中有没说出来，真的做了，给人一个惊喜。这是胡批。

倒是丈夫有一天说他的一个同学有《金瓶梅》，我便动了惦记的念头，天天催他借回来。那时他经常公出，长年在外地奔波。记得那天晚上他乘火车去北京，因为我着急看，他特地与同学约好在火车站交货。吃过晚饭我送他到车站，得到那套禁书——居然还用牛皮纸包着，包得严严实实像粽子一样，我心中莫名地有些慌恐，好像正在干什么见不得人的勾当。你想，一个 20 岁的女孩子，穿着职业套装，虽然长相一般，却也干干净净的，怀里居然抱着一套淫书！万一包书的纸散了，一书落地，真相大白，那才叫一个尴尬！于是快快地挪动脚步，上了公交车，一路跟做贼似的，总算没人注意我。

平安到了家，洗漱完毕就钻进被窝里。十月下旬的北方，暖气还没来，手触之处，冰凉一片，于是又爬起来，抖抖地灌了一个热水袋放在脚下。就着台灯，心满意足地翻开第一页——很虔诚地享受前人所谓"深夜闭门读禁书"的快乐。就这样不分昼夜地读了三天。那时在研究所混日子，可以不坐班；家里也没人张嘴等吃，可以不做饭。真是自在逍遥的神仙日子。

读到最后，汗毛耸立的是西门庆投胎一节。

那时正是午夜，窗外的秋风刮得高压电线哗啦哗啦地响。想到人世间种种悲欢离合、善恶美丑、因果报应、生死轮回，我心中顿生畏惧，不觉汗下。

以前读书时，只信读完再看评论，好像这样才是有的放矢。如今看完《金瓶梅》，觉得先入为主也不无道理。耳边记得的是吴晓铃吴先生的点评。

可见我乃真君子也。

男　色

丹宁在年轻时有过一次选择，两个追求者，一个相貌堂堂，一个其貌不扬。丹宁那时到了结婚的年龄，一家人跟她着急，丹宁喜欢相貌堂堂，但妈妈坚决反对，说如果她选了相貌堂堂，就跟她断绝母女关系。“我是为你好。”妈妈苦口婆心地说，“想想看，你若跟他结了婚，得操多少心。”

有理论说，在地球的生物里，雄性比雌性更漂亮。比如孔雀，开屏的是雄性；比如百兽之王狮子，有威风凛凛的长头发的也是雄性。这个理论有点不同于我们人类，因为人类一直以来，都是女貌郎才，诸如沉鱼落雁、闭月羞花之类，都是用来描写女性的。

这其中，男权时代的原因姑且不论，只说因此引来的误区。

很多漂亮的女孩，找的是个其貌不扬的男友；而很多潇洒的男孩，娶的太太倒姿色平平。对这个现象，民间有说法，说好汉无好妻，赖汉娶花枝。从心理说，有些女孩，对相貌堂堂的男子心存畏惧，为什么？长得这么拉风的人，人见人爱，靠得住吗？

丹宁于是就选了其貌不扬的。那种感觉，好像是让自己的优势占上风，潜台词是：“看，我漂亮于你，你该知足了吧？好好过日子吧。”

然而奇怪的是，人生越往前走，这样的婚姻不安定的越多。这是个出轨的年代，而出轨的男人，很多家里都有一个漂亮的妻子。丹宁也是到丈夫有了网恋时才回头看，而且惊讶地发现这个现象。比如萍，身材有那么好的比例，样貌百里挑一，她丈夫说走就走，而那个丈夫，矮脚虎一样，还罗圈腿。

为什么呢？从心理上讲，有时，其貌不扬的男人需要更多的外在原因证明自己，因为外表一般，他们就更想要美丽的对象。所以他们都很会说话，不仅很会对妻子说，也很会对其他女人说，就很能讨女人欢心。

反之，相貌堂堂的男子，倒好像不大会招女人喜欢。大概是因为他们本来就被生活娇宠着，不需要这个本领。也因为自己长得好，他们反而不再只注重外表，能透过表象看内里，结了婚就安心过日子去了。

那个拉风的男生，娶了一个姿色平平的女孩，很恩爱地生活，没发什么财，也没什么外遇，过着丹宁向往的平平静静的生活。

有人说，人类对配偶美丑高矮的选择，是人类进化的要求，是人类在不自知中传宗接代的本能。

其实，最重要的一点是，男色与否有什么关系呢，你不能根据一个人的长相判断一个人的品质。看他是好人，他未必就是好人，脸谱是京剧里的事，而生活不是戏剧。

而人类有时就是在这样的误区里生活。爱情也好，婚姻也好，如果只看表面而忽视内心，等待你的，就不是心心相印。

婚姻不是交易，不能用某些因素平衡。婚姻是灵魂的事情，与钱财、地位、年龄无关，与长相更无关联。

只是，要长上这样的透视眼，还需要岁月的打磨和人生的阅历，不是每个年轻女孩能马上拥有的。

杰瑞的毕业典礼

暖风和煦的六月，我们迎来了杰瑞的大学毕业典礼。当吹着英格兰风笛，穿着红格短裙的乐手引导着毕业生出现在入口，我在人群中看到杰瑞微笑着走进了白色帐篷。看他穿着黑色长袍，带着学士帽的神气劲儿，我心里充满喜悦。从他出生的那个时刻，我就知道有这么一天，他作为人生的主人公，登上辉煌的舞台，而一直关注着他、爱护着他的母亲，坐在观众席上为他喝彩。这是生命的延续，是梦想的延续，也是人类薪火相传的未来。

当他站在舞台正中，接受校长用毕业生的黑帽子加冕时，我飞快地按下了快门，时间定格。22 年的时光，从婴儿到童年，从少年到青年，人生正如一树繁花，转瞬之间，次第开放。

初出国门

我们出国时，杰瑞七岁。来到陌生的国度，初到欢迎班的杰瑞，对身边的一切是陌生的。曾经在很长时间里，他都不能从熟悉的环境出来，进入新环境。

新环境是一个小小联合国，在这里，有许多国家的孩子，各色人种。杰瑞的同桌，是个来自科索沃的孩子，杰瑞第一天上学，他就冲着杰瑞笑，可他说的话杰瑞听不懂，杰瑞说的他也听不懂。课间休息，他来牵杰瑞的手，然后自己向前跑，杰瑞就跟着他跑。两个语言不通的小孩，就这样玩起游戏。跑累了，他们就站在那里，相互注视着笑。

还有一个叫穆哈迈德的孩子，是个长得黑黑瘦瘦的中东小孩。那时的杰瑞，读了一肚子的中文书，尤其对《水浒传》《西游记》感兴趣，就用中文书中的形容词来形容穆哈迈德。他告诉我，明天考试，穆哈迈德说明天他生病，也就是免战牌高挂，躲在自己的小土城里不出来了。

欢迎班的老师，是一个美丽的西班牙女孩，每次杰瑞放学，都会带回一些彩色的纸，内容是有关于天气的温馨提示，有学校的各项要求，活动的通知。红色的纸，大都是学校通知，比较重要，粉色或淡绿色的，一般都是温馨提示。不仅如此，在每一张纸之上，老师都会用英法双语写得清清楚楚，还用彩色笔画出关键词。

他们的作业很简单，大多是用彩色笔给动物形象涂颜色，比如粉色的大象、金黄色的眼镜蛇。在欢迎班的前半年内，杰瑞的成绩单上没有分数，只有老师的评语，比如理解力、纪律、友爱等各项，填上优秀、良好等评语。我曾经担心这样会影响杰瑞学习的进度，但老师认为，对一个处于语言和环境转变中的小孩，这些已经足够。

“我们不会推他向前，我们会帮助他自己向前。”西班牙女孩这样解释说。

一年后，杰瑞出了欢迎班，到正常班读书。在这里，他遇到了人生中的第一个挫折。

有一天吃完饭，我同杰瑞去公园玩，他突然说：“我宁可在前面站着，也不愿意坐着。”我吃了一惊，我说：“为什么在前面站着？犯错误了？”于是他的眼泪夺眶而出，他说后面的小孩使劲踹他的凳子，他就站起来，老师没有问原因，就把他叫到前面罚站。

我们曾经试图到学校交流，但效果并不好。于是我们决定搬家。

事实证明搬家是对的。我终于明白了孟母三迁为什么成为教育经典。

杰瑞转到新小学的第一天，就受到了热烈欢迎。男孩们很激动，说：“我们队里又多了一个队员。”

课程一下子就难起来。每天早自习时，老师读的是英文版的《哈利·波特》，生词很多。课程也严格很多，比如每周都有生词考试，也有小红花排行榜那样励志的方法，都挂在墙上。杰瑞很努力，每周以拿小红花为荣，基本回到在国内读小学一年级时的状态。

那段时间杰瑞对知识的渴望有一个飞跃。有一天他放学回家，来不及脱掉雪靴和羽绒服就直接走进屋，激动地对我说：“妈妈，你知道吗？在希腊文中，一二三四是这样写的。”他伏身在饭桌上，把刚刚学会的知识讲给我听。我也还记得，他给我讲宇宙大爆炸的理论，他说：“我们每个人的血肉，都来自于宇宙大爆炸之后的元素，因此，世界元素的组成是相同的。”从这段时间开始，他的语言也渐入佳境，终于成功转身，完成了语言的转换。

小学的毕业典礼是在一个周六的晚上，老师、学生、家长都穿戴整齐，许多家庭全家出动来祝贺，小礼堂挤满了人。我坐在观众席的第二排，始终记得，杰瑞的班主任在与我握手时说的一句话：“杰瑞是好样的。”这句话一直萦绕在我耳边。转眼十年过去，我还记得，吉娜老师齐耳的短发和碧蓝的眼睛，她热情而友好的声音让我相信，杰瑞是好样的。

中学是人生重要阶段

报考中学的所有事项，填表、报学校、参加考试，都是杰瑞一个人做的。几所中学都录取了他，最后我们选择了男子中学。

男女分校是来自欧洲的古老传统，如今越来越多的地方已经男女混校了。但据科学对人脑的研究，男孩的大脑与女孩的大脑区别很大，尤其是十几岁的男孩，好动、爱提问题，分校教学，针对不同性别加以教育，是比较科学的做法。

男校对学生的纪律要求很高，比如，不能迟到。迟到第一次免罚；第二次课后不能回家，要到指定教室做作业；第三次不能去上课，即使考试也不能参加。杰瑞从此力图改变自己赖床的习惯，但是有一次例外，让我一直十分感动。

有一次他要迟到了，爸爸开车送他，结果路上堵车，到学校时已经晚了。迟到就要到校长室去说明情况，这是规矩。

杰瑞去了。校长坐在桌子后面。

“为什么迟到了？”他问。

杰瑞不说话。

“有什么原因？”

“没有原因。”杰瑞说。

校长沉默了一下，说：“你去上课吧。没有惩罚。”

“为什么？”

“因为你说了真话。”

一个孩子，因为说真话没有被惩罚，这件事对于我，是一种对常规思维的打破。因为在我的生活经验中，如果一个孩子说“没有原因”，可能获得更重的惩罚。没有原因你还迟到，你不是明知故犯吗？所以每个人都要找理由，没有理由也会编一个理由，编理由其实与撒谎无异。久而久之，人们就会养成编理由——撒谎的习惯，撒谎会免去惩罚，撒谎会被社会认可，撒谎就不再成为错误，而变成流行法则。许多年，我们都在这样的怪圈中生活，习以为常，甚至没有意识到这是错误的。

然而校长的举动让我醍醐灌顶，我们教育孩子，不就是让他接受纯正的价值观念吗？

正直的品格并不是一句空话，也不是人云亦云。它首先是建立在正确的观念之上，美好的天性得到认可，才会让孩子坚定地说真话，并以此为荣。

很多次我都想起，那个著名的电影《闻香识女人》的结尾，退伍的上校军官对学校说的那段话。我们是在培养什么样的人？是培养一个告密者，还是培养一个有良心的正直的人？这是教育的最大问题。

男校是一个十分活跃的学校。这些孩子不仅学习努力，而且自己建立很多小团体，他们的思想十分活跃，没有局限。比如有个孩子，建立了相对重量单位，就是以一个同学的体重为重量，成为其他孩子体重的系数。那个孩子体重 120 磅，所有人的体重都重新界定，按此定义，杰瑞的体重就是 0.8。还有课后的活动，比如建立经济社会，自订货币单位和市场，进行以物易物的交易，了解商品社会的性质和运作。

老师们也很和蔼可亲。

“兔子宝贝们，”每次上课时，金发碧眼的拉丁语老师都这样开篇，“现在开始考试。”于是孩子们都做晕倒状。

自从上了中学，每天晚餐都是杰瑞主讲。比如上数学课时有个同学回答问题实在太不靠谱，数学老师没有直接批评，而是沉思了一下，在黑板上画了一个地图，他说：“这是问题，这是山，这是陆地，这是草原，这是海。”然后指着海那边说，“你，在这里。”

有一天杰瑞拿回一幅画让我看，是一个小男巫骑一把扫帚在天上飞。“这个，”他指指那小男孩说，“是我们班的。他没完成作业，老师让他站在前面给我们当模特。他骑着扫帚站在前边，一直挤眉弄眼，所以这里，”杰瑞指指那小男巫的脸，“我没画好。”

二年级时他说得最多的是英语老师。第一堂课，他就从口袋里摸出一个玩具龙，放在桌角上，自我介绍说：“我是喷火龙。你们，”他指着下面的孩子们说，“都是小小的骑士。你们躲在你们的山洞里，举着小小的盾牌，试图与我作战。我警告你们，出入时别踩了我的尾巴。”

有一天一个孩子上课接话，被喷火龙叫到走廊罚站。有个孩子特别喜欢画画，就把喷火龙画出来，对面几个是举着盾牌的小骑士。被罚的骑士也在其中，只是头没有了，变成了无头骑士。这个孩子的计划是本学期末出一个画册。他画的全是班上的事。

万圣节时他们兴高采烈，因为每堂课老师都给糖。最好玩的是科学老师，一个骨骼宽大的女老师，快下课时对孩子们说："现在站好，站在最好的位置上，口令一发，你就没选择了。"然后在大袋子里抓一大把糖，用尽全力向最后面扔过去——一大群十四五岁的大男孩像抢橄榄球一样，立时乱成一团，抢完后也不站起来，顺势坐在地上，尽享胜利果实。

当然，学校更主要的是学习知识的地方。

中学期间的很多课程，都是以实用为主，这也是国外教育的重点。学校不仅有常规的教育课，而且开设了经济学课程，经济学的最后考试是计算自己的日常花销，题目是从自己毕业后第一份工作的薪水算起，计算日常生活中的花费。大到计算租房的费用，小到一箱啤酒和一瓶红酒的价格。最后计算出你面临的生活状态，具体到你每个月可以吃几顿餐馆，买什么样的蔬菜，喝几杯咖啡，是非常详细和实用的生活指南。对于经济社会的描绘也是极其现实的，他们把更多的课题放在孩子们关心的当下，与现实社会紧密挂钩。比如我们是 2000 年出国的，因为当时计算机专业比较好找工作，我和先生都选择了计算机专业。"911"之后，经济坍塌，计算机专业就业状况一落千丈，我们只好在废墟中另谋生路。杰瑞在学习经济课时，当老师讲到这一段时他很惊讶，他说他的父母的经历已经被记录在历史中。

数学也是这样。初二时，杰瑞的数学考试是关于建造一座房子。从房子的占地面积开始，根据墙的厚度、房间的多少，计算出所需木材、水泥、各种材料。整个考试下来，每个学生都是一个建筑师兼施工队长。而且这种考试，你必须没有一点错误，所有的问题都是连环的，一处错处处错，只要一点不对，你就得出错误的答案。

杰瑞小心而谨慎，生怕自己的房子没有建好。要知道，那可是他的第一个房子。

阅读也是繁重的。二年级一整年，他们学习的是大仲马的《基督山伯爵》，这是一种十分详尽的解读，让我这个中文系毕业生都汗颜。从大仲马生平及写作动机开始，到《基督山伯爵》故事中穿插的所有人物、每一条线索、人物隐含的意义，全都讲到，全然就是一个历史钩沉。即使是大学中文系，也不可能拿出一个学期的时间学习一部著作，但杰瑞作为初二的学生，就接受了对一部伟大作品的全方位的阅读审美训练。他们不仅反复阅读，而且在每周作业中阐释关于人物形象和对话的描写艺术，同时用绘画的形式画出自己对作品的理解——这是一种全方位的再创造，对提高孩子的想象力和阅读审美都意义匪浅。

我曾经怀疑过，十三四岁的孩子，是否能够理解和消化这样的教育方式？但回忆我们那时，都可以看《水浒传》《西游记》之类大部头的书，但只是自己阅读，却没有人来引导和解释。如果当年在中学课程中，也有对《西游记》《水浒传》这样的专业性讲解，想必也能帮助我们更好地理解这些作品。这也说明了教育的另一种功能，那就是，教育不是灌满水的桶，而是点火的导火索。只要能够把某种概念当作种子植入受教育者的内心，这种子注定会在春天发芽。

从初二开始，杰瑞开始做 Project，中文可以翻译成“项目”。最累的一段时间，他每天的阅读量在 20—40 页之间。每一个项目要做到 20 页左右，其中包括引言、N 个部分、结尾，中间穿插必须的图表，俨然就是一部论文。如果再拉长一些，就是一部书的雏形。

杰瑞做这个综合性工作的时候，因为空间不够，常常趴在地板上，一边画一边寻找一边装订。每当这时我就会想，其实少年时代，人都蕴含着巨大的潜力，他们充满力量和智慧，所谓“莫等闲，白了少年头”或者“莫负少年时”的警世诗句，都是千锤百炼之作。

学校的作文，题目经常是启发孩子们思考身边生活中的问题。中学四年级时，杰瑞选了东方宗教课。学期中间，老师有一个课题，让他们像印度僧侣一样生活三天，大概的内容是：睡在地上，吃素，不能用电脑、电视、手机，静坐，不生气，想别人的好处，说好话。

第一天从晚餐开始。晚餐前杰瑞清理了他的书桌，把平时不离手的电器们整理好并一一存放在抽屉里。吃饭时他说他的书桌好大，以前怎么没注意。我去看了看，见只有一杯清水、一盏台灯和一本书了，可不是显得书桌好大。出来见杰瑞危襟正坐，说话声音低沉，表情谦卑，我知道他进入角色了。

吃饭时我们谈了许多印度宗教和它在流入中国后的变异，谈到佛的顿悟和渐修，后来延伸到六祖慧能和蔡志忠的漫画。平时他吃完饭就钻进他的小城堡去了，今天城堡里着实没有吸引他的，他就好脾气地同我谈了好久。平日我们还会有意见分歧，但这天天下太平。杰瑞是僧侣，僧侣要心平气和，不能同妈妈争论。

第二天下课回来，杰瑞就喊饿，说中午只吃了一个素汉堡。他说佛怎么可以做到呢，在开悟时每天只吃一粒谷子，而僧侣们过了中午就不再进食了。我说那是因为他们日出而做日落而息，睡得早。杰瑞若有所思，说："你说得对，我还应该早睡早起。"

晚上老公回来，很惊讶地说："儿子今儿怎么睡得这么早？生病了？"

我忍住笑，严肃地说："他今天当和尚嘛。你不知道？"

第三天早上吃饭时，杰瑞说有点想看电脑了，他爸爸说已经过了 48 个小时了，不能功亏一篑。然后给我挤眼睛，让我鼓励儿子。

第三天晚餐时，杰瑞正式还俗了。倒也没见他怎么兴奋，表情淡淡的，好像若有所失。他说也不是特别想吃肉，说原来以为这三天会有特别的感觉，却没有，多少有点失望。我说其实僧侣也是一种生存方式，没有特别的不同；而从另一个角度看，也说明你平日的生活状态很健康。

学佛这三天，只有一件他没做，就是静坐。而静坐，却是僧侣的必修课。杰瑞说快考试了，考完试再做几天僧侣，学习静坐和冥想。

做一个全面发展的人

刚上中学时，学校击剑队招新生入队。杰瑞非常喜欢击剑，就参加了击剑队。我第一次去开家长会时，教练一面讲解，一面请老队员做示范。那些学生都穿着洁白的击剑服，坐在后排等待老师的命令。在等待期间，他们一直忙于做作业，一旦需要他们做示范，他们就去做，做完示范，再坐下来做作业，真是分秒必争。我后来才知道，进击剑队，需要成绩在中等以上。而在男校，作业非常繁重，如果不抓紧时间，在每周三天的训练之后，是没有时间完成作业的，必须见缝插针，利用所有空闲的碎片时间，完成阅读和各科作业。

击剑队的老师叫所有的队员“先生”，无论孩子是12岁还是18岁。杰瑞姓张，教练就叫他张先生。

杰瑞的中学时代，是在极其紧张的状态中度过的。他每周有三次击剑训练、一次钢琴课、一次国际象棋课，还有大量的作业，所以每天都很忙，只有周末可以休息。而且周末必须休息，这也是学校对他们的要求。杰瑞因此养成了劳逸结合的生活习惯，并将这个习惯持续至今。

杰瑞在电脑上很少玩电子游戏，一般都是在听音乐和写音乐。他平日里话不多，但一说起音乐就滔滔不绝。“音乐是我的生命。”他开玩笑似的说。而我知道，这是真的。

杰瑞在国内上幼儿园时，回来说：“老师有一个大大的琴，是手和脚一起动的。”我说那是钢琴，他说：“今天我摸它了，它就发出音乐。”他说音乐两个字时很用力。

出国后，因为生计，我们一度忘了他的爱好。后来，邻居的孩子有一架电子琴，杰瑞很喜欢。我那时还在读书，用一星期时间去打工，给儿子买了一架电子琴。儿子特别高兴，中午回家吃饭时也去弹弹，居然就摆弄出一段段小练习曲。我问他是怎么弄的，他指着琴中间的一个小窗口，说：“它说的。”

当天我就给他找了一个老师，我不想看着儿子那样“无师自通”。

学了一年多之后，问题来了。

我发现儿子不再像以前那样爱弹琴，以为他疲倦了。后来他说，练琴的时候，他感到后背和肩膀痛。

当时，儿子有两种选择，一种是停下来，不再学琴；一种是换老师。

我们选择了后一种。

这个老师，是俄罗斯人，叫戈里高力。我们家按着咱中国人的敬称，叫他“老戈”。

第一次见老戈，是在他任教的大学琴房。杰瑞那年 11 岁。因为长得小，坐在琴凳上两条腿还够不到地面。弹了一曲，老戈很生气，说：“坐得不对，弹得也不对。”然后问杰瑞：“你为什么要弹钢琴？”杰瑞扬着小圆脸，说：“我喜欢音乐。”老戈叹口气说：“好吧。可是，你要真正喜欢。”

从这时起，杰瑞开始真正进入音乐之旅。最早的课，我们是在痛苦中度过的。因为前一个老师错误的教学，杰瑞弹琴的姿势和手势都是错误的。在老戈那里，这样的学生，比没学过的还难弄。这样一张画错的纸，再画上美的图画，的确很难。我们的第一个月，只是在纠正。老戈不是个好脾气的人，又有个好耳朵，你看他坐在那里，闭着眼睛，但每个音他都听得清清楚楚。我想，坏的音乐对老戈这样的好耳朵一定是一种酷刑一样的折磨，不然他不会大喊大叫。有一次上课出来，我很沮丧，对同样默默无语的杰瑞说：“这么难，你还学吗？”杰瑞很奇怪地看了我一眼，说：“学习嘛，老师总会是这样的。不然他怎么教呢。”

我很惭愧，因为我的耐力和承受力还不如孩子。

那是个寒冷的冬天，当杰瑞在老戈激烈的指令下重复着同一个旋律时，我坐在宽大教室的一隅里侧耳聆听。这一个音是怎样发出的？是像水中的球一样按下去再轻柔地浮上来，还是直接到达地板？这个旋律又是怎样表达的？是像过山车一样上下翻飞，还是像你对一个友人真情的表白？不对，这个音重了，要再轻一点，现在又太轻了，要再加重。哎呀呀，重不是这样的，是轻中有重，重中有轻。唔，这个有点对了，还要再对一点。

冬天快过去的时候，老戈对我长出了一口气，说："终于，终于，他对了。"

站在料峭的春寒里，我问儿子："你高兴吗？他说你对了耶。"儿子点点头，说："我知道他要什么了，但只在这个曲子里。我知道还有好些东西要学呢。"

那时儿子还没有我高，但我知道我在儿子身上学到的是什么。

五月的维多利亚节，是钢琴比赛的日子。老戈对我说儿子可以去比赛时，我很意外。老戈肯定地点点头，说："放心。我知道他弹得怎样。"然后说，如果儿子六岁时遇见他，不知道现在会怎样，很遗憾地叹口气，说："可是人们，不是想遇上就遇上的。"我第一次看到老戈那么慈祥的脸。我后来想，是不是那天的黄昏很晴朗，天上的白云触动了老戈的情感？还是看到儿子的进步他想起了他小时学琴的往事？他说过，小时学琴，每天没练到时间，爸爸是不让他吃饭的。他的爸爸，也是一位钢琴家。

比赛前，老戈把怎样上场，怎样鞠躬，怎样坐下，怎样开始第一个音，一丝不苟地给儿子串了两边。他一边教，一边说："你是在跟已经有五六年比赛经验的人在比赛，所以一定要做得好。"

虽然平日里他要求儿子每个音都是对的，但比赛前他说：

“错了没关系，继续弹下去。如果一场大雨落下来，人们只会享受这猛烈的雨水，谁会去看那个雨滴是横着来的还是竖着来的。你的工作，就是感动他们，让他们在听完你的演奏之后，站起来说，Bravo！”

比赛的早上，我们来得很早。虽然前边高手如云，但儿子谨记了“要用温暖的心去表达”这样的话，将一首肖邦的曲子弹得激情澎湃、火花四溢，终获金牌。颁奖的老教授对儿子说：“我们享受了真正美妙的时刻。”

正如每个人要在成长过程中尝试新的事物一样，在钢琴课的古典音乐之外，杰瑞开始接触和尝试多种音乐形式。当他刚开始喜欢流行音乐和重金属音乐时，我并不能认同这个，我喜欢古典音乐。我们因此曾有很多不快。

这也几乎是移民家庭都有的问题。儿子与我在不同的国度接受不同的教育，他的学校教育与家庭教育是分裂的。在学校，许多问题需要他独自面对，独自承担。而我，用我30年前的中国教育，已经无力对他进行指导和引导。我们就像两个相交圆，相交的部分，只包括家庭生活的饮食起居，吃什么，穿什么，练琴了吗，读书了吗？

但是，我相信爱的力量。我开始耐着性子听他的音乐，尽量不用青白眼。儿子见我有转变，自然十分高兴，忙不迭地用他夹着英文的中文给我解释他喜欢的音乐，还专门给我打印了歌词，向我证明这些歌曲并不坏。

有一天他很沮丧，说有个来自英国的乐队，他很想去看，但那时我规定他不能晚上单独行动。我说：“你和谁去？”他说：“没有人。”我说：“为什么不是我呢？我可以跟你去。”他很惊讶地说："那是摇滚，你不会喜欢的。"我说："会不会喜欢，我要看后再说。"他很狐疑地看着我，不能肯定如果我跟他去，是不是一个正确的选择。如果我不能认同这样的音乐，我会怎样？会不会半途退场？会不会说一些让他接受不了的话？

那是我平生第一次看摇滚演出，第一次看到当欧迪演唱老歌时，全场合唱的感人场面，也第一次看到那么多人在黑暗中举起打火机在音乐中摇动，点点火光组成一个动人的场面。当然，很多事情也出乎我的意料。比如居然有那么多的长头发在节奏中摇来摇去，还有那充满躁动不安的强节奏，让我的双耳很不适应。一直到地铁里时，我的耳边还被强烈的节奏震撼着。我不能说我喜欢，但今晚的经历的确充满新奇。

晚上睡觉之前，杰瑞对我说："谢谢你，妈妈。我知道你并不喜欢这样的音乐，你是因为我才这样做。"

我问自己，是不是这样呢？刚开始是的，我担心他的安全才跟他去。但是，在这样的时刻里，是不是我也有了一种完全不同的人生体验？我们常常会对自己不了解的事情抱着一种封闭和拒绝的态度，其实如果我们敞开心灵，就会学习和了解到更丰富的世界，体会到人生更多的乐趣。当我们走向保守和封闭时，孩子是我们面对世界的一扇大窗。

在这之后，我们开始了音乐之旅。我们一起去听室内乐。在温暖的夏季，蒙特利尔的爵士乐节也是我们必去的地方，在舒缓灵巧的爵士乐中，我在陶醉的同时回看他，可以看到他也在欣赏。现在他不是像刚开始那样排斥这种中老年人喜欢的音乐了，因为我们的共识是，我们把各种音乐都听过，才能懂得怎样鉴赏和评论。

而在同儿子共同听音乐的过程中，我们相互拓展着对音乐的了解和感受。我们的相交圆越来越大，我们不仅是母子，还是朋友，或者说，我的儿子还是我的老师。他属于他的时代，一个注定我永远追不上的年代，一个崭新的时代。

华人孩子学习音乐的比例很大，有人甚至说，每个华裔学生都会钢琴或者小提琴。让孩子学习音乐，其实并不只是在学习音乐，也在学习一种境界，学习如何与人相处，与世界相处。这才是学习的最终目的。

义　工

假期和周末做义工，也是中学生重要的课外活动之一。杰瑞和他的同学都去做义工，他们大都到医院、老人院、夏令营或社区工作。这是他们接触社会的最初阶段，在工作中可以增长知识和才干。更重要的是，义工生活让他们懂得如何帮助别人，并在奉献中得到快乐。

杰瑞初三时开始在医院里做义工，一直做到上大学。最早他在儿童部，照顾小病人，跟他们做游戏或者帮助他们读书。后来他帮助一个叫本杰明的老人，那老人头部手术，杰瑞每天推着他出门转转，照顾他吃药，做一些琐碎的杂事。在那个医院中，有一个著名的老太太，她在 65 岁退休之后，就一直在医院做义工，一直做到 96 岁，当她结束义工生涯时，医院给她举行了隆重的仪式，庆祝老人第二次退休。

高中毕业后，杰瑞如愿以偿，进入麦吉尔大学学习生化科学。

中国情结

中学毕业的暑假，我们决定带杰瑞回中国去旅游。这个决定源于他对中国文化越来越多的兴趣。

杰瑞是七岁半随我们出国的。我们读书、工作，不管遇到怎样的不如意，都会说，我们是第一代，我们的孩子就不一样了。他们会融入主流社会，他们不会像我们这样，好像两个人生，在中国是一世，出了国是另一世。

然而有一天，杰瑞和我谈起中国文化，谈起古诗和小说，谈起商周和三国时代。我很津津乐道地说着，并没有想到他的感受，直到他说："妈妈，你有很多中国文化的知识。"我说："当然了，我是中国人嘛。"杰瑞说："我不知道我是哪里人，我想我是世界人。"

他这样说时，带着某种淡淡的感伤。这是我没想到的。有一段时间，他不知道自己的母语是什么。有人说你梦里说什么语言，那就是你的母语。他说："我梦里三种语言都有，哪一种才是我的母语呢？"

初中时，杰瑞有一次英语没考好，他去找老师咨询。老师问他的第一句话是："你会几种语言？"老师说，"你的问题，就是会多种语言的人会有的问题。"

我这才明白，杰瑞的这一代，其实并没有我们想的那么简单。在我们努力学习这个社会的文化时，他们也在学习，而我们身上带有的 30 年的中国文化，让他们熟悉而陌生，让他们明白又困惑。

相对于我们这些第一代移民，他们很开阔，无根的感觉也更多。我是谁，我到底归属哪种文化？他们在学校和家庭中，其实是分别生活在不同的价值观念中。

他们并不是失落，只是一种不确定的感觉。

我们先到了北京。故宫、北海，都给孩子留下深刻印象。我们看故宫的飞檐，看左青龙右白虎的建筑风格，看做成龙头模样的故宫的排水管道，还有被八国联军用刀划过的琉金水缸。我们在雷雨中登上了居庸关的长城。本来在雷雨中我们一度动摇，但杰瑞坚持爬上长城，因为他听说了“不到长城非好汉”的诗句。

我们去西湖看古诗中的“山外青山楼外楼”，到太湖去看西施范蠡泛舟之地，去乌镇看中国独特的水乡，在黄梅雨中咏“梅子黄时雨”的古老诗句。当所有纸上的文字化为眼前的景致，我们感到的，不再是虚幻和飘渺，我们好像化身为古人，又好像看到那些诗人的历程。

在中国的两个月里，杰瑞的中文飞速的提高。他看到古装故事片，就按着故事上网去查这段历史背景，他感叹中国有这么漫长的历史，还有这么多传说。他在电视中听京剧，一听就爱上了，他说一定去看一场京剧，这个唱腔真好真特别。

看着他兴致勃勃的样子，我想，他好像是出国了一样。是的，他有两个国家，两种文化，他可以在其中受益良多。

假期结束，我们回来了，带了一本厚厚的《中国民俗史》，这是在中国时儿子的枕边书。进加拿大海关时，儿子晃一晃手中的书，说：“我们有五千年历史。”那一刻，我看到儿子为故国的文化而骄傲。

我希望他找到了自己的根，即使他对中国的某些东西还很不解，但愿这次旅行对他的心灵是一次抚慰。

我们可以生活在世界的任何一隅，但我们需要知道自己从哪里来。

杰瑞的大学

麦吉尔大学传承了英式大学的传统，比如说刚入校时的狂欢节。许多老生设计了种种迎接新生的方法，包括 open house，就是许多学生宿舍都是开着门的，新生可以自由进入开门的宿舍，认识老生，结交朋友，畅谈所关心的问题。

杰瑞这样认识了很多朋友，比如来自中国南京的斯蒂芬。他是个德国人，父母在南京工作，他在南京上的国际中学，会说有口音的中文。他们在一起谈论中国和国外，斯蒂芬的南京，杰瑞的北美，他们一起喝啤酒，并交流中国啤酒和加拿大啤酒的区别。斯蒂芬很怀念在中国的日子，他说那里的啤酒不仅好喝，价格也非常便宜。

英式大学新生入学，还有一个传统，就是参加一个环城旅行，在环城旅行中观看城市的名胜古迹，并且在指定的酒吧里喝一杯啤酒。所以在九月份阳光普照的城市里，我们常常看到兴奋的孩子们游走在新的城市新的环境中，他们结交新朋友，谈论新的生活，所有的一切都是崭新的，我们能看到他们兴奋而快乐的脸庞和灿烂的眼睛。

在大学里，每学期开始的时候，都有老师和学生的联谊会，这种联谊会一般会酒吧里进行，气氛十分融洽。在这里，每人手中一杯酒，教授谈论他们最近的研究工作和方向，学生们倾听和提出问题，并且寻找自己感兴趣的课题。杰瑞在大学二年级时，开始在实验室工作，他在这种活动中遇到了印度籍的教授哈利，对他关于蛋白的研究很感兴趣。

大二时杰瑞开始做辅导员。有一次他讲到有的孩子不肯独立思考，总是依赖别人解答问题，教授拒绝给予他帮助，因为“这是你自己的事情。第一你要自己解决问题，这种简单问题稍微动脑就会解决，你提出这种简单问题问别人，是对自己的不负责任”。所以，大学教育的目的，就是独立思考。

对我来说，杰瑞从中学到大学，我最大的感受就是他由一个多方面兴趣的孩子，成为了一个初具雏形的专业人士。在中学时我们常常谈论各种话题，有关音乐、文学、哲学和文化；但在大学时期，杰瑞表现出了他对专业的专注态度。对他来说，最大的转变是“如果你中学时做某件事情是为了家长，那么大学时，所有的事情都是为了你自己，你不是为得到证书，而是为学习到知识，并对某个领域持有探索的态度”。

所以从杰瑞上大学之后，越来越表现出独立成熟的价值观念，客观而理性的态度。我与他的母子关系，在心理上达到了新的高度。他成为一个独立的个体。从那时起，事实上，我已经有了一个年轻的成人儿子，我与他的关系变得更加像知心朋友。当我们讨论问题时，他常常是提醒我要客观公正的那个人。即使在社会制度、道德、哲学、中西价值观等问题上，他亦表现出更加从容和宽厚的态度，而不是尖利刻薄的批评。宽厚与宽恕是一种美德，这种美德要建立在丰满充实的知识和学养之上。

纽曼枢机曾经说：“如果大学课程要有一个实际目的，我认为就是为了培养良好的社会公民——有用自己的观点，判断真理的力量。能够客观对待事物，开门见山直奔主题，能够理清混乱的思想，弄清复杂，摈弃无关。”

大学生活是很辛苦的。正如有人评价国外的大学是宽进严出的一样，大学期间课程多，阅读量大，并不是考进大学就可以放松。杰瑞的作息时间一般是早上出门，中餐、晚餐都在外面吃，下课后在学校自习到晚十点左右。大二时开始他在实验室工作，就更加忙碌，有时为了观察一个细胞的生成，他需要五分钟去看一次，直到细胞长到一定程度，才能冷冻起来。他经常工作到深夜。考试时就更忙，熬夜是常有的事。国外的大学教育很严格，学分并不好拿。没有一番寒彻骨，不会有梅花扑鼻香，这是放之四海而皆准的事实。

校长的讲话把我的思绪拉回到毕业典礼上。

她讲的故事，让我感动，也让我深思。她说，她刚大学毕业时很高兴，过了一段时间，就去学唱歌。有一天，老师问她："你会呼吸吗？"她说会。老师说："你会呼吸，就会歌唱，你能呼吸，就能有声音。你有你的思想，就能与别人分享你的知识，这是最重要的。"

我想，这就是自我价值的实现，也是人们对社会应该付出的责任。

音乐响起，毕业生一个个上台，接受祝福。身穿红袍的校长，给每个毕业生颁发毕业证。这是激动人心的时刻，许多人口众多的家庭，形成了一股小小的力量，吹口哨、吹喇叭庆祝家人的成功。这是一个人立足社会并成为有用之人的开始，是一个人对社会奉献自己的才智和力量的开始，是一个人能够有能力帮助别人的开始。我看到杰瑞站在那些激动的孩子们中，充满光荣和骄傲地站在那里。我知道在他前面的路还很长，他还会继续他的研究生和博士等课程，一直到达到他的目标的那一天。

在这之前，我已经参加过他很多次毕业典礼，从幼儿园、小学、中学，现在我们迎来了他的大学毕业典礼。我喜欢看他的每一张毕业照片，那个戴学士帽、穿黑长袍的小孩，从快乐的无忧无虑的脸庞，到如今青春英俊的脸庞，都让我感到生命的奇迹。我惊讶于这不断进步的生命，同时，我会常常想起，我像他这个年龄的时候，内心中种种奇妙的生命体验。于是我好像拥有两个人生，这是多么快乐的事情。我在这个六月的夏日，喜悦至流泪。我从内心深处感谢孩子所给予我的，感谢他让我成为一个母亲。